Fröhliche Weihnacht

Fröhliche Weihnacht

Humorvolle Geschichten für die Weihnachtszeit

benno

Bibliografische Information Der Deutschen Bibliothek
Die Deutsche Bibliothek verzeichnet diese Publikation in der Deutschen Nationalbibliografie; detaillierte bibliografische Daten sind im Internet über http://dnb.ddb.de abrufbar.

Besuchen Sie uns im Internet unter
www.st-benno.de

ISBN 978-3-7462-2555-5

St. Benno-Verlag GmbH
04159 Leipzig, Stammerstr. 11
Zusammengestellt von Volker Bauch
Umschlaggestaltung: Ulrike Vetter, Leipzig, unter Verwendung eines Bildes von Francisca Franke-Walter
Gesamtherstellung: Kontext, Lemsel (A)

Das Christbäumchen

Wilhelm Curtmann

Die Bäume stritten einmal miteinander, wer von ihnen der vornehmste wäre.

Da trat die Eiche vor und sagte:
»Seht mich an! Ich bin hoch und dick und habe viele Äste, und meine Zweige sind reich an Blättern und Früchten.«
»Früchte hast Du wohl«, sagte der Pfirsichbaum, »allein es sind nur Früchte für die Schweine; die Menschen mögen nichts davon wissen.
Aber ich, ich liefere die rotbackigen Pfirsiche auf die Tafel des Königs«.
»Das hilft nicht viel«, sagte der Apfelbaum, »von deinen Pfirsichen werden nur wenige Leute satt. Auch dauern sie nur wenige Wochen, dann werden sie faul, und niemand kann sie mehr brauchen.
Da bin ich ein anderer Baum. Ich trage alle Jahre Körbe voll Äpfel, die brauchen sich nicht zu schämen, wenn sie auf eine vornehme Tafel gesetzt wer-

den. Sie machen auch die Armen satt. Man kann sie den ganzen Winter im Keller aufbewahren oder im Ofen dörren oder Most daraus keltern.
Ich bin der nützlichste Baum!«
»Das bildest du dir nur ein«, sagte die Fichte, »aber du irrst dich. Mit meinem Holz baut man die Häuser und heizt man die Öfen. Mich schneidet man zu Brettern und macht Tische, Stühle, Schränke, ja sogar Schiffe daraus.
Dazu bin ich im Winter nicht so kahl wie ihr: Ich bin das ganze Jahr hindurch schön grün.
Auch habe ich noch einen Vorzug. Wenn es Weihnachten wird, dann kommt das Christkindchen, setzt mich in ein schönes Gärtchen und hängt goldene Nüsse und Äpfel an meine Zweige.
Über mich freuen sich die Kinder am allermeisten. Ist das nicht wahr?«

Dem konnten die anderen Bäume nicht widersprechen.

Dezember

Otto Julius Bierbaum

Eis hängt an den Weiden,
So ists an der Zeit.
Hat sichs ausgeschneit,
Wirst du Palmen schneiden.

☆

Der schönste Baum

Unbekannt

Ich kenne ein Bäumchen gar fein und zart,
das trägt euch Früchte seltener Art.
Es funkelt und leuchtet bei hellem Schein
weit in des Winters Nacht hinein.
Das sehen die Kinder und freuen sich sehr
und pflücken vom Bäumchen –
und pflücken es leer!

Der Tannenbaum

Unbekannter Verfasser

Gar fern am stillen Waldessaum
Da steht ein junger Tannenbaum,
Der Wind streicht durch sein grünes Kleid –
Wie lange wird ihm doch die Zeit!

Da plötzlich kam zum grünen Tann
Mit blanker Axt ein finst'rer Mann,
Der schlägt die zarte Tanne um,
Sagt nicht wohin und nicht warum.

Der hat sie auf den Schlitten sacht
Zum Christmarkt in die die Stadt gebracht,
Wo bunt die Leut des Weges wandeln,
Ein reicher Herr tat sie verhandeln.

Und als der Heilige Abend war,
Da jubelt laut die kleine Schar,
Da strahlt der Christbaum hell von Kerzen,
Voll Spielzeug und voll Zuckerherzen.

Das Zuckerzeug war bald verzehrt,
Da war der Christbaum abgeleert,
Wehmütig steh'n herum die Kleinen:
Auf's Jahr erst gibt es wieder einen.

Drei Tage nach dem Heil'gen Christ,
Da lag er draußen auf dem Mist,
Der Wind strich durch sein grünes Kleid
Dahin – ist alle Herrlichkeit.

☆

Sankt Niklas' Auszug

Paula Dehmel

Sankt Niklas zieht den Schlafrock aus,
klopft seine lange Pfeife aus
und sagt zur heiligen Kathrein:
Öl mir die Wasserstiefel ein,
bitte hol auch den Knotenstock
vom Boden und den Fuchspelzrock,

die Mütze lege oben drauf,
und schütte dem Esel tüchtig auf,
halt auch sein Sattelzeug bereit;
wir reisen, es ist Weihnachtszeit.
Und dass ich's nicht vergess', ein Loch
ist vorn im Sack, das stopfe noch!
Ich geh derweil zu Gottes Sohn
und hol mir meine Instruktion.

Die heil'ge Käthe, sanft und still,
tut alles, was Sankt Niklas will.
Der klopft indes beim Herrgott an,
Sankt Peter hat ihm aufgetan
und sagt: Grüß Gott! Wie schaut's denn aus?
und führt ihn ins himmlische Werkstättenhaus.
Da sitzen die Englein an langen Tischen,
ab und zu Feen dazwischen,
die den kleinsten zeigen, wie's zu machen,
und weben und kleben die niedlichsten Sachen,
hämmern und häkeln, schnitzen und schneidern,
fälteln die Stoffe zu niedlichen Kleidern,
packen die Schachteln, binden sie zu
und haben so glühende Bäckchen wie du!

Herr Jesus sitzt an seinem Pult
und schreibt mit Liebe und Geduld
eine lange Liste. Potz Element,

wie viel artige Kinder Herr Jesus kennt!
Die sollen die schönen Engelsgaben
zu Weihnachten haben.

Was fertig ist, wird eingepackt
und auf das Eselchen gepackt.
Sankt Niklas zieht sich recht warm an;
Kinder, er ist ein alter Mann,
und es fängt tüchtig an zu schnein,
da muss er schon vorsichtig sein.

So geht es durch die Wälder im Schritt,
manch Tannenbäumchen nimmt er mit;
und wo er wandert, bleibt im Schnee
manch Futterkörnchen für Hase und Reh.
Aus Haus und Hütte strahlt es hell,
da hebt er dem Esel den Sack vom Fell,
macht leise alle Türen auf,
jubelnd umdrängt ihn der kleine Hauf:
Sankt Niklas, Sankt Niklas,
was hast du gebracht?
was haben die Englein
für uns gemacht?

»Schön Ding, gut Ding,
aus dem himmlischen Haus;
langt in den Sack! holt euch was raus!«

Knecht Ruprecht

Unbekannt

Knecht Ruprecht schleicht von Haus zu Haus
und blinzelt durch die Scheiben
und sucht sich die artigen Kinder aus
und guckt, wie die bösen es treiben.
Husch, husch ist er vorbei –
o weh, die bösen – die guten, ei ei!

St. Niklas ist ein braver Mann,
bringt den kleinen Kindern was,
die großen lässt er laufen,
die können sich was kaufen.

Ich bin noch ein ganz kleiner Mann
und bin ein bisschen bange.
Drum schaue mich recht freundlich an,
lass mich nicht warten lange.
Schenk Nüsse mir und Mandelkern,
dann hab' ich dich, Knecht Ruprecht, gern.

Der Gabenbringer

Unbekannt

Nikolaus, sei unser Gast,
wenn du was im Sacke hast.
Hast du was, so lass dich nieder,
hast du nichts, so pack dich wieder!

Sankt Nikolaus, komm in unser Haus,
leer deine große Tasche aus,
stell deinen Esel auf den Mist,
dass er Heu und Hafer frisst.
Heu und Hafer frisst er nicht,
Zuckerbrezel kriegt er nicht.

Dies alles fragt der Nikolaus

Abraham a Sancta Clara

Es ist eine uralte Gewohnheit, dass heutigentags der Nikolaus einkehrt. Er kommt aber schon eine Nacht vorher, die Kinder zu prüfen und zu examinieren, ob sie auch durch ihre Herren Lehrmeister, Hofmeister, Schulmeister, Rechenmeister, Sprachmeister und andere Informationsräte gut unterwiesen wurden in Glaubenssachen, im Buchstabieren, Silbenteilen, Lesen und Schreiben, im Rechnen, in Sprachen etc. So fragt der Nikolaus, wie sich die Kinder das ganze Jahr hindurch verhalten haben. Ob sie gern beten? Den Eltern und Lehrern gegenüber gehorsam sind? Ob zum Beispiel der Hans und der Paul nicht zu faul? Ob der Franz und der Ignaz kein schlimmer Fratz? Ob der Michel und der Fritz vielleicht gelernet nix? Dies alles fragt der Nikolaus.

Überlistet

Heinz Erhardt

Wenn Blätter von den Bäumen stürzen,
die Tage täglich sich verkürzen,
wenn Amsel, Drossel Fink und Meisen
die Koffer packen und verreisen,
wenn all die Maden, Motten, Mücken,
die wir versäumten zu zerdrücken,
von selber sterben – so glaubt mir:
es steht der Winter vor der Tür!

Ich lass ihn stehn!
Ich spiel ihm einen Possen!
Ich hab die Tür verriegelt
und gut abgeschlossen!
Er kann nicht rein!
Ich hab ihn angeschmiert!
Nun steht der Winter vor der Tür …
und friert!

Der Schnupfen

Christian Morgenstern

Ein Schnupfen hockt auf der Terrasse,
auf dass er sich ein Opfer fasse

– und stürzt alsbald mit großem Grimm
auf einen Menschen namens Schrimm.

Paul Schrimm erwidert prompt: Pitschü!
und hat ihn drauf bis Montag früh.

Die Geschichte von Christkind und Nikolaus

Luise Büchner

Nun war die gute Frau Holle froh, denn jetzt hatte sie einen Knecht für ihr Christkindchen gefunden, und zugleich einen Gehilfen für die Menge von Geschäften, die es auf Weihnachten gibt. Zuerst machte sie nun mit den Engelchen zwei wunderschöne Körbe für den Esel, die wurden aus feinem Stroh geflochten und mit blauen und roten Seidenbändern verziert. Dann holten sie aus der Stadt vom Gerber schönes rotes Leder, davon nähten sie einen Sattel und Zaum und ringsherum wurden silberne Glöckchen gesetzt, so dass es immer leise klingelte, wenn das Eselchen sich bewegte. Dem Grauchen gefiel es sehr wohl in dem schönen Stall bei den zwei weißen Kühen und bald hatte es das Christkind fast noch lieber als den Nikolaus, denn es brachte ihm jeden Tag süßes Zuckerbrot und streichelte und liebkoste es.

Unterdessen durchstreifte der Nikolaus wieder Wald und Feld, um sich neue Reiser und Gerten und Ruten zu suchen, wobei er fortwährend auf die einfältigen Engelein schalt, die ihm seine schönen Ruten verbrannt hatten. Wenn er aber dann am Abend heimkam, hatten sie ihm immer ein Lieblingsgericht gekocht, bald Linsensuppe mit Bratwurst, bald Sauerkraut und bald Kartoffelklöße. Da ward er wieder vergnügt, ließ es sich schmecken und setzte sich dann an's Feuer, um Ruten zu binden. Christkindchen saß neben ihm, nahm die Ruten und wickelte schöne Gold- und Seidenbänder darum, damit die Ruten doch nicht ganz so entsetzlich aussahen.

»Mache nur immer Deinen Firlefanz daran«, knurrte der Nikolaus, »die spürt man doch, wo sie hinfahren!« Damit schwang er eine Rute durch die Luft, dass es einen lauten Ton gab und die Engelchen ganz erschrocken in die Erde flüchteten.

So verging der Spätherbst, die Blätter fielen alle von den Bäumen, der Wind pfiff laut über die Ebene und dem Mühlbach verging das Rauschen und Murmeln, denn er war fast zugefroren, da sagte die Frau Holle: »Morgen, Kinder, gibt es einen lustigen Tag; da wollen wir einen ungeheuren Vorrat von Lebkuchen, Anisgebacknem und Marzipan backen, dass mein Christkindlein am Weihnachtsabend mit vollen

Händen austeilen kann. Du, Nikolaus, bleibst hübsch zu Hause und sorgst für die Lebkuchen, das ist dein Geschäft und backe sie nur so schön braun, wie dein Gesicht ist. Christkindlein aber macht das Anisgebackene und das Marzipan, weil dies ebenso fein und weiß ist wie mein Kind. Honig für die Lebkuchen ist genug da; die Bienchen, die den Sommer über unsere Blumen auf der Höhe benaschten, haben einen großen Vorrat in's Haus geschleppt. Das Mehl holt unser Grauchen heute Nacht drunten in der Mühle und die übrigen Sachen sind schon alle da. Ist es Euch recht so?« Alle riefen: »Ja, ja!« Nur der Nikolaus, der immer etwas zu knurren hatte, sagte: »Jetzt soll ich auch noch Lebkuchen backen, ich habe es längst wieder verlernt.«

»Wirst es schon noch können, alter Brummbär«, antwortete Frau Holle lachend und richtig – am andern Morgen war er zuerst auf, heizte den großen Backofen ein und ging an's Werk. Er nahm Honig in eine Schüssel, die war fast so groß, als die goldene Badewanne, in der Frau Holle sich mit den Englein wusch, tat Mehl hinzu, Pfeffer, Nägelein und Zimt und fing an, mit seinen großen Händen alles durcheinanderzukneten. Bei ihm ging alles in der größten Ruhe und Ordnung vor sich, denn er war ja ein Mann und da muss jedes Ding seinen regelmäßigen

Lauf haben. Umso lustiger und unruhiger aber war es nebenan, wo das Marzipan und Anisgebackene verfertigt wurde. Gott, war das ein Getrappel und Gelaufe, ein Gekicher und Geschwätz – man konnte sein eigenes Wort nicht verstehen! Da kniete ein Engelchen vor einem ungeheuren Mörser und stieß Zucker fein, dort saß ein anderes und las den Anis aus, ein Drittes rieb Zitrone ab, ein Viertes schlug die Eier auf, ein Fünftes stäubte das Mehl durch das Sieb, ein Sechstes hackte Mandeln, ein Siebentes malte den Zimt und Viere bis Fünfe hielten am Rand eine großmächtige Schüssel fest, vor der das Christkindchen stand und mit einem langen Löffel den Teig herumrührte.

Zuweilen ward der Lärm so arg, dass der Nikolaus mit seinen Händen voll braunen Teig an der Türe erschien und Ruhe gebot. Da ging aber der Spektakel erst recht los; sie stürzten alle auf den Nikolaus ein: »Hinaus«, riefen sie, »Du brauner Kerl, hinaus! Du machst uns unser weißes Gebackne schwarz!« Dabei schlugen sie mit den leeren Mehlsäcken nach ihm, dass er so weiß ward, wie der Müller drunten in der Mühle. Nun war aber der Nikolaus auch nicht faul; er fasste mit seinen braunen Händen nach rechts und links, und wo er ein Engelchen erwischte, klebte er ihm mit dem klebrigen Honigteig den Mund

zu, dass ihm für diesen Tag das Sprechen und Lachen verging. Das war ein rechter Jammer! Frau Holle und Christkindchen mussten oft so lachen, dass sie nicht mehr fortarbeiten konnten. Da war es kein Wunder, wenn der Nikolaus früher fertig ward, als die Frauenzimmer. Sie hatten kaum erst einige Hunde, Katzen, Pferde und die dicken Männlein von Anis und Marzipan fertig gebracht, als der Nikolaus schon rief: »Nun kommt und seht!«
Sie liefen alle in seine Stube, da duftete es köstlich und in langen Reihen lagen Tausende und Tausende von Odenwälder Honiglebkuchen aufgeschichtet. Viel Abwechslung war gerade nicht dabei; sie waren entweder rund oder herzförmig und in der Mitte hatte der Nikolaus ein Bild hineingedrückt, nach seinem absonderlichen Geschmack. Gewöhnlich waren es Adam und Eva im Paradies oder auch ein Reitersmann und zuweilen das liebe Christkind selbst mit einer Strahlenkrone auf dem Kopf. Um das Bild herum war mit schönen weißen Buchstaben ein Vers gemalt. Weil aber der Nikolaus nicht recht schreiben kann, so kann man ihn auch nicht recht lesen und es ist darum allen Kindern zu raten sich nicht weiter den Kopf darüber zu zerbrechen, sondern ihn ungelesen zu verzehren.

Frau Holle lobte den Nikolaus sehr wegen der schönen Arbeit, die er gemacht und trieb nun die andern wieder tüchtig an's Werk. Sie schämten sich nun vor dem Nikolaus und eilten sich mehr als zuvor. Bald roch der ganze Böllstein so gut wie eine Hofküche und bis zum andern Morgen lagen ganze Gebirge von Marzipan und Anisgebacknem fertig.
Als es Abend ward, zog Frau Holle dem Nikolaus ihren Pelzrock an und setzte ihm die Pelzmütze auf, füllte die Körbe des Eselchens mit Zuckerwerk und Ruten, legte ihm sein rotes Geschirr um und hob dann das Christkindchen, das seine schönsten Kleider an hatte, auf den Sattel. Der Nikolaus warf noch seinen Sack voll Nüsse und Äpfel über die Schulter, nahm dann die Zügel in die Hand und fort ging es durch die dunkle Nacht den Berg hinab zu den hellen Wohnungen der Menschen. Frau Holle aber steckte sich schnell in ihr warmes Bett und war froh, dass sie nicht mehr hinaus und dann auf einem Zwirnsfaden heimreiten musste.
Wie nun aber die beiden den Berg hinunter waren, hielt der Nikolaus den Esel an und fragte: »Liebes Christkindchen, ehe wir weiterziehen, möchte ich zuerst nach den Kindern in der Mühle sehen, die waren immer lieb und brav und pflegten mein Eselchen, wenn ich es einmal im Stall allein lassen musste.«

»Das ist mir ja schon recht, lieber Nikolaus«, antwortete das Christkind und so ritten sie dann ganz stille bis an die Mühle und sahen durch das Fenster hinein in die Stube. Das war sehr leicht, denn die Müllerin war eine brave Frau und die Scheiben immer blank geputzt. Auch die Lampe brannte schön hell und um sie herum, an dem blanken Tisch saßen das Gretchen, der Karl und der Peter. An ihrem Ansehen konnte man gleich merken, dass es brave Kinder waren, denn sie trieben keine Unarten, sondern jedes war mit einer Arbeit beschäftigt. Das Gretchen half der Mutter Äpfel schälen, weil am nächsten Tag Sonntag war und die Müllerin den Kindern versprochen hatte, ihnen einen großen Apfelkuchen zu backen. Der Karl saß über einem Buch, hielt sich beide Ohren zu und murmelte immer vor sich hin, dabei war er ganz hochrot im Gesicht von der Anstrengung. Er hatte für den Herrn Schulmeister ein Lied den Sonntag über auswendig zu lernen und hatte sich gleich am Samstag Abend darüber gesetzt, wie dies die fleißigen Kinder tun. Der kleine Peter malte ruhig auf seine Schiefertafel Hunde und Katzen und wenn diese auch eher Mehlsäcken und Brotleiben glichen, so lag ja nichts daran.
Wer da draußen vor dem Fenster stand und ihnen zusah, das wussten die Kinder freilich nicht und

sollten sie auch nicht wissen. Leise, leise griff Christkindchen in den Korb mit den Zuckersachen und legte für jedes Kind ein großes Stück auf das Fenstersims. Eine Rute dazulegen, das war bei so lieben Kindern ganz überflüssig.

Wer aber den Nikolaus und das Christkindchen beinahe verraten hätte, das war das Grauchen. Er kannte die Mühle und die Kinder gar wohl und freute sich, sie zu sehen. So reckte er dann die langen Ohren in die Höhe, bewegte den Kopf wie zum Gruß, so dass die silbernen Glöckchen an dem roten Zaum hell erklangen und rief ein freudiges »I-ah!« Wie flogen da die drei blonden Köpfe in der Stube von der Arbeit empor und wie neugierig starrten die blauen Augen nach den angelaufenen Fensterscheiben.

»Mutter, das war unser Grauchen, dem Nikolaus sein Grauchen!«, rief Karl, stürzte an das Fenster und die andern hinter ihm drein. Aber, sie kamen viel zu spät, husch, husch! waren der Nikolaus, das Christkindchen und der Esel wieder in Nacht und Nebel verschwunden, nur ganz von ferne hörte man noch die silbernen Schellchen klingen. Ganz betrübt sahen die Kinder einander an, da sagte die Müllerin: »Aber da draußen vor dem Fenster steht etwas, seht nur, ein Reitersmann von Marzipan, eine Wi-

ckelpuppe von Anisgebackenem und ein großer Herzlebkuchen!« Die Müllerin machte das Fenster auf, holte die Zuckersachen herein und nun wollte die Freude und der Jubel gar kein Ende nehmen.
»Seht Ihr, dass ich Recht hatte«, sagte Karl, »da ist wirklich der Nikolaus mit seinem Eselchen und dem Christkindchen draußen gewesen.«
»Was sprichst du da von einem Christkind?« fragte die Mutter.
»Ja, so ist es«, rief Gretchen, »der Nikolaus ist jetzt mit seinem Esel droben auf dem Böllstein bei der guten Frau Holle und dem lieben Christkind, das hat er uns alles erzählt. Und wenn wir brav sind, bringt er uns zu Weihnacht einen Zuckerbaum und viele schöne Sachen!« »Wenn ich nur das Eselchen gesehen hätte«, sagte der kleine Peter.
»Weißt Du, Peterchen, was wir tun«, rief Karl, »wir legen morgen Abend dem Grauchen ein Bündelchen Heu vor die Türe, zum Dank, weil wir so gute Sachen bekommen haben.«
»Und das Heu stecken wir in unsere Schuhe«, setzte Gretchen hinzu, »damit der Wind es nicht fortjagt.«
So wurde es wirklich gemacht: Die dankbaren Kinder steckten am andern Abend Heu in ihre kleinen Schuhe und stellte sie vor die Türe. In der Nacht

kamen richtig wieder der Nikolaus, das Christkind und der Esel, der schon von Weitem das gute Heu witterte. Er blieb stehen, fraß es und der Nikolaus, den nichts so sehr freut, als wenn man seinen Esel gut behandelt, steckte einen großen, roten Apfel in jeden Schuh; dann zogen sie weiter. Als aber nun am Montag Morgen die Lisbeth die Schuhe für die Müllerkinder herein holte, lag statt des Heues in jedem ein schöner Apfel. Das hatten sie nicht erwartet und waren ganz toll vor Freude. Als sie in die Schule kamen, hatten sie gar nichts Eiligeres zu tun, als die große Neuigkeit allen Kindern zu erzählen. Die liefen nach Hause, stellten auch ihre Schuhe vor die Türe, steckten auch Heu hinein und fanden am andern Morgen stattdessen einen dicken roten Apfel. Bald wussten alle Kinder im ganzen Lande die Geschichte von dem Esel und dem Heu, und das Grauchen bekommt so viel zu fressen, dass es immer noch lebt, obgleich es schon seit vielen hundert Jahren mit dem Nikolaus und dem Christkind in der Welt herumzieht. So ein Apfel, der des Nachts in den Schuh gesteckt wird, schmeckt aber auch zehnmal süßer, als der beste Zehnuhrapfel der Mama.

So reiten denn die Drei jedes Jahr von Dorf zu Dorf, von Stadt zu Stadt, von Haus zu Haus, sehen durch die Fenster, wo die guten und die schlimmen Kinder sind, bringen Zuckerwerk oder Ruten, wie es eben passt, bis endlich Weihnachten, des lieben Christkindleins Geburtstag kommt. Da wird es am allerschönsten!

Wenn es dann Abend geworden und die große Glocke auf dem Kirchturm fünfmal: bum, bum, bum, bum, bum! geschlagen hat, wird es in allen Häusern so helle, wie damals droben auf der Böllsteinerhöhe, als der Klapperstorch das liebe Kindlein zur Frau Holle brachte, und es jauchzt und jubiliert in den Stuben, gerade so laut, wie es damals die Engelein machten. – Jetzt ist Christkindleins heimliches Werk zu Ende und alles wird offenbar, was es mit den Eltern zu tuscheln und abzumachen hatte. Da prangt für die guten Kinder der bunte Christbaum und stehen die prächtigen Spielsachen umher und sie nehmen sich fest vor, im folgenden Jahre noch lieber und artiger und dadurch dem guten Christkindchen ihren Dank zu beweisen.

Nikolaus und Christkindchen sind aber jetzt gar müde und matt. Während die Freude und das Glück, das sie gebracht, in allen Häusern lebendig sind, ziehen sie still hinauf auf ihren Böllstein, stecken sich in ihre warmen Betten und schlafen sich darin aus, bis es wieder Zeit wird, an die neue Weihnacht zu denken. – In dieser Weise geht es nun schon viele, viele, viele Jahre lang; der Nikolaus hat unterdessen einen langen, weißen Bart und schneeweiße Haare bekommen, und er ist noch mürrischer als zuvor, denn die Weihnachtsarbeit wird ihm manchmal recht sauer. Das liebe Christkind aber verändert sich nicht; es bleibt ewig jung und ewig schön und ist den artigen Kindern noch ebenso gut, wie am ersten Tage. Die Frau Holle hat sich schon längst ganz zur Ruhe gelegt, man sieht und hört nichts mehr von ihr; ihr weiches Federbett hat das Christkind geerbt und an dem haben nun die Engelein zu schütteln und zu rütteln. Wenn ich Euch nicht die Geschichte der Frau Holle erzählt hätte, so wüsstet Ihr gar nicht, dass sie jemals da gewesen. – Die Engelein aber sind noch immer so toll und lustig wie vor alter Zeit und wenn der Georg und das Mathildchen immer so lieb sein wollen, wie das Christkind, dürfen sie auch manchmal so toll und mutwillig sein wie das kleine Volk droben auf der Böllsteinerhöhe.

Vorfreude auf Weihnachten

Joachim Ringelnatz

Ein Kind – von einem Schiefertafelschwämmchen
Umhüpft – rennt froh durch mein Gemüt.

Bald ist es Weihnacht! – Wenn der Christbaum blüht,
Dann blüht er Flämmchen.
Und Flämmchen heizen. Und die Wärme stimmt
Uns mild. – Es werden Lieder, Düfte fächeln. –

Wer nicht mehr Flämmchen hat,
wem nur noch Fünkchen glimmt,
Wird dann noch gütig lächeln.

Wenn wir im Traume eines ewigen Traumes
Alle unfeindlich sind – einmal im Jahr! –
Uns alle Kinder fühlen eines Baumes.

Wie es sein soll, wie's allen einmal war.

Der Winterabend

Heinrich Hoffmann von Fallersleben

Der Winterabend, das ist die Zeit
der Arbeit und der Fröhlichkeit.
Wenn die andern nähen, stricken und spinnen,
dann müssen wir Kinder auch was beginnen;
wir dürfen nicht müßig sitzen und ruhn,
wir haben auch unser Teil zu tun.
Wir müssen zu morgen uns vorbereiten
und vollenden unsere Schularbeiten.
Und sind wir fertig mit Lesen und Schreiben,
dann können wir unsere Kurzweil treiben …
Und ist der Abend auch noch so lang,
wir kürzen ihn mit Spiel und Gesang.
Und wer ein hübsches Rätsel kann,
der sagts, und wir fangen zu raten an.

Der kleine Tannenbaum

Manfred Kyber

Es war einmal ein kleiner Tannenbaum im tiefen Tannenwalde, der wollte so gerne ein Weihnachtsbaum sein. Aber das ist gar nicht so leicht, als man das meistens in der Tannengesellschaft annimmt, denn der Heilige Nikolaus ist in der Beziehung sehr streng und erlaubt nur den Tannen als Weihnachtsbaum in Dorf und Stadt zu spazieren, die dafür ganz ordnungsmäßig in seinem Buch aufgeschrieben sind. Das Buch ist ganz erschrecklich groß und dick, so wie sich das für einen guten alten Heiligen geziemt. Und damit geht er im Walde herum in den klaren kalten Winternächten und sagt es allen den Tannen, die zum Weihnachtsfeste bestimmt sind. Dann erschauern die Tannen, die zur Weihnacht erwählt sind, vor Freude und neigen sich dankend. Dazu leuchtet des Heiligen Heiligenschein und das ist sehr schön und sehr feierlich.

Und der kleine Tannenbaum im tiefen Tannenwalde, der wollte so gerne ein Weihnachtsbaum sein.

Aber manches Jahr schon ist der Heilige Nikolaus in den klaren kalten Winternächten an dem kleinen Tannenbaum vorbeigegangen und hat wohl ernst und geschäftig in sein erschrecklich großes Buch geguckt, aber auch nichts und gar nichts dazu gesagt. Der arme kleine Tannenbaum war eben nicht ordnungsmäßig vermerkt – und da ist er sehr, sehr traurig geworden und hat ganz schrecklich geweint, so dass es ordentlich tropfte von allen Zweigen.
Wenn jemand so weint, dass es tropft, so hört man das natürlich, und diesmal hörte das ein kleiner Wicht, der ein grünes Moosröcklein trug, einen grauen Bart und eine feuerrote Nase hatte und in einem dunklen Erdloch wohnte. Das Männchen aß Haselnüsse, am liebsten hohle, und las Bücher, am liebsten dicke, und war ein ganz boshaftes kleines Geschöpf.
Aber den Tannenbaum mochte es gerne leiden, weil es oft von ihm ein paar grüne Nadeln geschenkt bekam für sein gläsernes Pfeifchen, aus dem es immer blaue ringelnde Rauchwolken in die goldene Sonne blies – und darum ist der Wicht auch gleich herausgekommen, als er den Tannenbaum so jämmerlich weinen hörte, und hat gefragt: »Warum weinst du denn so erschrecklich, dass es tropft?«

Da hörte der kleine Tannenbaum etwas auf zu tropfen und erzählte dem Männchen sein Herzeleid. Der Wicht wurde ganz ernst und seine glühende Nase glühte so sehr, dass man befürchten konnte, das Moosröcklein finge Feuer, aber es war ja nur die Begeisterung, und das ist nicht gefährlich. Der Wichtelmann war also begeistert davon, dass der kleine Tannenbaum im tiefen Tannenwalde so gerne ein Weihnachtsbaum sein wollte, und sagte bedächtig, indem er sich aufrichtete und ein paarmal bedeutsam schluckte:
»Mein lieber kleiner Tannenbaum, es ist zwar unmöglich, dir zu helfen, aber ich bin eben ich und mir ist es vielleicht doch nicht unmöglich, dir zu helfen. Ich bin nämlich mit einigen Wachslichtern, darunter mit einem ganz bunten, befreundet, und die will ich bitten, zu dir zu kommen. Auch kenne ich ein großes Pfefferkuchenherz, das allerdings nur flüchtig – aber jedenfalls will ich sehen, was sich machen lässt. Vor allen aber – weine nicht mehr so erschrecklich, dass es tropft.« Damit nahm der kleine Wicht einen Eiszapfen in die Hand als Spazierstock und wanderte los durch den tief verschneiten Wald, der fernen Stadt zu.
Es dauerte sehr, sehr lange, und am Himmel schauten schon die ersten Sterne der heiligen Nacht durchs

winterliche Dämmergrau auf die Erde hinab, und der kleine Tannenbaum war schon wieder ganz traurig geworden und dachte, dass er nun doch wieder kein Weihnachtsbaum würde.
Aber da kam's auch schon ganz eilig und aufgeregt durch den Schnee gestapft, eine ganze kleine Gesellschaft: der Wicht mit dem Eiszapfen in der Hand und hinter ihm sieben Lichtlein – und auch eine Zündholzschachtel war dabei, auf der sogar was draufgedruckt war und die so kurze Beinchen hatte, dass sie nur mühsam durch den Schnee wackeln konnte. Wie sie nun alle vor dem kleinen Tannenbaum standen, da räusperte sich der kleine Wicht im Moosröcklein vernehmlich, schluckte ein paarmal ganz bedeutsam und sagte:
»Ich bin eben ich – und darum sind auch alle meine Bekannten mitgekommen. Es sind sieben Lichtlein aus allervornehmsten Wachs, darunter sogar ein buntes, und auch die Zündholzschachtel ist aus einer ganz besonders guten Familie, denn sie zündet nur an der braunen Reibfläche. Und jetzt wirst du also ein Weihnachtsbaum werden. Aber was das große Pfefferkuchenherz betrifft, das ich nur flüchtig kenne, so hat es auch versprochen zu kommen, es wollte sich nur noch ein Paar warme Filzschuhe kaufen, weil es gar so kalt ist draußen im Walde.

Eine Bedingung hat es freilich gemacht: Es muss gegessen werden, denn das müssen alle Pfefferkuchenherzen, das ist nun mal so. Ich habe schon einen Dachs benachrichtigt, den ich sehr gut kenne und dem ich einmal in einer Familienangelegenheit einen guten Rat gegeben habe. Er liegt jetzt im Winterschlaf, doch versprach er, als ich ihn weckte, das Pfefferkuchenherz zu verspeisen. Hoffentlich verschläft er's nicht!«

Als das Männchen das alles gesagt hatte, räusperte es sich wieder vernehmlich und schluckte ein paarmal gar bedeutsam und dann verschwand es im Erdloch. Die Lichtlein aber sprangen auf den kleinen Tannenbaum hinauf und die Zündholzschachtel, die aus so guter Familie war, zog sich ein Zündholz nach dem anderen aus dem Magen, strich es an der braunen Reibfläche und steckte alle die Lichtlein der Reihe nach an. Und wie die Lichtlein brannten und leuchteten im tief verschneiten Walde, da ist auch noch keuchend und atemlos vom eiligen Laufen das Pfefferkuchenherz angekommen und hängte sich sehr freundlich und verbindlich mitten in den grünen Tannenbaum, trotzdem es nun doch die warmen Filzschuhe unterwegs verloren hatte und arg erkältet war.

Der kleine Tannenbaum aber, der so gerne ein Weihnachtsbaum sein wollte, der wusste gar nicht, wie ihm geschah, dass er nun doch ein Weihnachtsbaum war.
Am anderen Morgen aber ist der Dachs aus seiner Höhle gekrochen, um sich das Pfefferkuchenherz zu holen. Und wie er ankam, da hatten es die kleinen Englein schon gegessen, die ja in der heiligen Nacht auf die Erde dürfen und die so gerne die Pfefferkuchenherzen speisen. Da ist der Dachs sehr böse geworden und hat sich bitter beklagt und ganz furchtbar auf den kleinen Tannenbaum geschimpft.
Dem aber war das ganz einerlei, denn wer einmal in seinem Leben seine heilige Weihnacht gefeiert hat, den stört auch der frechste Frechdachs nicht mehr.

Vor Weihnachten

Eugen Roth

Oh, süßer Weihnachtsvorgeschmack:
Mit einem neuen Bücherpack,
Der mich zu toller Neugier reizt,
Komm ich nachhaus und mache Licht.
Eisblume sich am Fenster spreizt.
Bald glüht und sprüht mit Knick und Knack
Der Ofen, tüchtig eingeheizt.
Nun her mit Pfeife und Tabak!
Wie lieblich mirs die Nase beizt …
Gar noch Kaffee? Nur nicht gegeizt:
So heimlich wars seit Jahren nicht!
Aufs alte Sofa ich mich flack
Und schmökre erst in Schnick und Schnack –
Doch bald versink ich im Gedicht,
Indes mit Jagdruf, Wind und Wicht
Die wilde Rauhnacht draußen weizt.

Gibt es den Weihnachtsmann?

Die achtjährige Virginia aus New York wollte es ganz genau wissen. Darum schrieb sie an die Tageszeitung »Sun« einen Brief:

> Ich bin 8 Jahre alt. Einige von meinen Freunden sagen, es gibt keinen Weihnachtsmann. Papa sagt, was in der »Sun« steht, ist immer wahr. Bitte, sagen Sie mir: Gibt es einen Weihnachtsmann?

Die Sache war dem Chefredakteur Francis Church so wichtig, dass er selber anwortete – auf der Titelseite der »Sun«:

Virginia,

Deine kleinen Freunde haben nicht recht. Sie glauben nur was sie sehen; sie glauben, dass es nicht geben kann, was sie mit ihrem kleinen Geist nicht erfassen können. Aller Menschengeist ist klein, ob er

nun einem Erwachsenen oder einem Kind gehört. Im Weltall verliert er sich wie ein winziges Insekt.
Ja, Virginia, es gibt einen Weihnachtsmann. Es gibt ihn so gewiss wie die Liebe und Großherzigkeit und Treue. Weil es all das gibt, kann unser Leben schön und heiter sein. Wie dunkel wäre die Welt, wenn es keinen Weihnachtsmann gäbe! Es gäbe dann auch keine Virginia, keinen Glauben, keine Poesie – gar nichts, was das Leben erst erträglich machte. Ein Flackerrest an sichtbarem Schönen bliebe übrig. Aber das Licht der Kindheit, das die Welt ausstrahlt, müsste verlöschen. Es gibt einen Weihnachtsmann, sonst könntest Du auch den Märchen nicht glauben.
Gewiss, Du könntest deinen Papa bitten, er solle am Heiligen Abend Leute ausschicken, den Weihnachtsmann zu fangen. Und keiner von ihnen bekäme den Weihnachtsmann zu Gesicht – was würde das beweisen? Kein Mensch sieht ihn einfach so. Das beweist gar nichts.
Die wichtigsten Dinge bleiben meistens unsichtbar. Die Elfen zum Beispiel, wenn sie auf Mondwiesen tanzen. Trotzdem gibt es sie. All die Wunder zu denken – geschweige denn sie zu sehen –, das vermag nicht der Klügste auf der Welt. Was Du auch siehst, Du siehst nie alles. Du kannst ein Kaleidoskop auf-

brechen und nach den schönsten Farbfiguren suchen. Du wirst einige bunte Scherben finden, nichts weiter. Warum? Weil es einen Schleier gibt, der die wahre Welt verhüllt, einen Schleier, den nicht einmal die Gewalt auf der Welt zerreißen kann. Nur Glaube und Poesie und Liebe können ihn lüften. Dann werden die Schönheit und Herrlichkeit dahinter zu erkennen sein.

»Ist das denn auch wahr?« kannst Du fragen. Virginia, nichts auf der ganzen Welt ist wahrer und nichts beständiger.
Der Weihnachtsmann lebt, und er wird ewig leben. Sogar in zehnmal zehntausend Jahren wird er da sein, um Kinder wie Dich und jedes offene Herz mit Freude zu erfüllen.

Frohe Weihnacht, Virginia.

Dein Francis Church.

Der Briefwechsel zwischen Virginia O'Hanlon und Francis P. Church stammt aus dem Jahr 1897. Er wurde über ein halbes Jahrhundert – bis zur Einstellung der »Sun« im Jahre 1950 – alle Jahre wieder zur Weihnachtszeit auf der Titelseite der Zeitung gedruckt.

Unter dem Lichterbaum

Fritz Fröhling

Zu dem gerade mal wieder arg zerstreuten Professor Einstein, der auf dem Postamt ein Weihnachtspäckchen aufgab, sagte der Schalterbeamte: »Das Päckchen ist zu schwer. Da muss noch eine Briefmarke draufgeklebt werden!«
Der Professor erwiderte gedankenvoll, indem er seine Brieftasche zückte: »Dann wird's ja noch schwerer!«

Ei, du lieber, heil'ger Christ

Anonym

Ei, du lieber, heil'ger Christ,
Komm nur nicht, wenn's dunkel ist,
Komm im hellen Mondenschein,
Wirf mir Nüss und Äpfel rein.

Das harte Holz von Betlehem

Klaus Weyers

Gestern sagte eine Frau zu mir: »Predigen Sie doch bitte zu Weihnachten einmal darüber, dass es noch gute Menschen gibt!« Das ist eine merkwürdige Bitte zu einer Weihnachtspredigt! Oder nicht? Sind gute Menschen Mangelware geworden? Es gibt heute unbestritten stapelweise kluge Menschen, gut ausgebildete Leute, gerissene Typen. Aber gute Menschen sind in unseren heutigen Lebenssystemen irgendwie nicht vorgesehen. Oder hat jemand von Ihnen im Internet ein Stellenangebot gesehen, in dem ein guter Mensch für die Leitungsfunktion eines Konzerns gesucht wird? Hier kommt natürlich die Frage: Was ist ein guter Mensch? Das ist sehr schwer zu definieren. Vielleicht geht es mit einem Beispiel Prinzessin Diana war eine außerordentlich sozial engagierte Frau. Das ist bewundernswert. Teresa von Kalkutta hat sich bis zum Letzten hingegeben. Da versagt alles Lob und jeder Kommentar. Soziales

Engagement und Hingabe bis zum Letzten sind eben nicht miteinander zu vergleichen. Wenn wir den Ort suchen, wo nicht ein Mensch, sondern Gott diese Hingabe bis zum Letzten ins Spiel bringt, dann ist das Betlehem. Da hat für uns greifbar die Hingabe begonnen, die sich im Kreuz vollenden wird. Die Engel haben die Hirten nicht nach Betlehem dirigiert, weil dort junge Leute neue Reformpläne für die Bewältigung der Weltkrise erarbeiten sollten. Die Hirten sind zur Krippe geeilt, weil dort etwas zu finden war, das es auf den Marktplätzen unserer Aktivitäten und in den Chefetagen von Politik und Wirtschaft selten gibt: die Güte. Der gute Gott schickt uns nicht einen Supermanager zur Weltproblemlösung, sondern seinen guten Sohn. Die Bibel sagt: »Erschienen ist uns die Güte und Menschenfreundlichkeit Gottes.« Manchmal gehen Menschen durch unsere Gemeinden, durch unsere Städte und auch durch unsere Wirtschaft und Politik, denen man anmerkt, dass sie von der Krippe kommen. Es sind Frauen, Männer und auch Kinder, denen man den Herzschlag der Herzlichkeit anmerkt. Es sind die, deren Güte stärker ist als alle Verdrehtheit und Hinterhältigkeit. Sie kommen von Betlehem.
Die Bibel sagt, dass Jesus Christus in einer Krippe lag. Das ist schon sehr ungewöhnlich, mindestens

für unsere Breitengrade mit ihrer medizinischen Vollversorgung. Gott wird Mensch.
Er beginnt sein Menschsein nicht in einer Spezialluxusentbindungsklinik, sondern in einer sehr armseligen Ecke der Weltgeschichte. Eine Krippe ist nach Aussagen meines griechischen Wörterbuchs ein »ausgehöhlter hölzerner Trog mit Fächern, worin den Pferden und dem Rindvieh das Futter vorgesetzt wird«. Wenn Gott Mensch wird, findet er nicht einmal Aufnahme in einem UNO-Notaufnahmelager. Wir finden ihn bei den Ochsen und Eseln. Nun kommt eine Überraschung: das griechische Wort für Krippe hat noch eine zweite Bedeutung. Es kann nämlich auch Kugellager heißen, also eine schalenförmige Aushöhlung von Hartholz, in der sich eine Kugel bewegt. Was hat Jesus mit einem Kugellager zu tun? Wir wissen, wie wichtig diese technischen Hilfsmittel für die Bewegungsabläufe sind. Ich habe einen Eisenbahnwaggon brennen sehen, weil sich bei einer Achse das Kugellager festgefressen hatte. Wenn das Kugellager nicht die Reibungsenergie auffängt, dreht sich nichts mehr. Ich habe den Eindruck, dass sich in unseren Tagen zu viel in der Weltgeschichte heißläuft. Es ist zu spüren, wie sich in der Familie, im Betrieb, in der Wirtschaft, in der Politik und in der Kirche viel zu

viel aneinander reibt und in Hitze kommt. Wir merken, wie sich gut gemeinte und gut geplante Bemühungen um Hilfe festfressen und wie sich plötzlich nichts mehr dreht. Lassen Sie mich einmal von diesem Wort Krippe oder Kugellager ausgehen. Wenn sich die Welt heißläuft, könnte es ja auch daran liegen, dass wir Jesus aus den Prozessen und Bewegungen dieser Welt heraus getan haben. Wenn sich die Welt mit ihren Bemühungen festfrisst, könnte es ja auch sein, dass wir die Kugellager leer geräumt haben. Dann dreht sich freilich nichts mehr. Jesus Christus ist in die Krippe gekommen, nicht um Sand im Getriebe der Welt zu sein. Er will, dass die Weltgeschichte läuft, dass sie rund läuft. Er will, dass aus der Weltgeschichte Heilsgeschichte wird.

Jedes Jahr mache ich mich in der letzten Adventswoche an die Arbeit, um die Krippe aus der Hintersakristei hervor zu holen. Es ist eine große Krippe. Sie passt nicht in einen Schuhkarton oder in eine Schublade. Das ist gut so, denn der Mensch, dieser schreckliche Praktiker, möchte zu gerne die großen Geheimnisse Gottes auf Schuhkartonformat zusammenpressen und in Schubladen verschließen. Er lässt sich nicht gerne von Großem und Herrlichem stören. Aber Gottes Liebe will uns aus unserer Kel-

lerbaratmosphäre und unserem Speisekammerdenken herausholen.
Darum gibt es den Stall von Betlehem. Und so mache ich mich ans Werk und räume im alten Seitengang unserer Kirche alles weg, was so im Laufe des Jahres vor den Krippenstall gestapelt worden ist: Baumaterial, Plakate, Podeste, alte Lampen, Ofenkacheln, Kanthölzer und Bretter. So ist das. Immer sind wir vom Weihnachtsfest begeistert. Und immer fangen wir wenige Tage nach Weihnachten wieder an, das wunderbare Geschehen mit Maria und Josef und dem Kind in der Krippe zuzubauen. Immer wieder sind wir sehr schnell dabei, die scheinbar so wichtigen und unverzichtbaren Bauelemente unseres Lebens vor die Krippe zu stapeln. Immer wieder versperrte ich mit meinem Wohlstandsmüll den Zugang zu Betlehem und zu der Krippe. Und dann verliert man aus den Augen und dem Gedächtnis, dass über Betlehem ein Stern geleuchtet hat und dass Engel bei den Hirten gesungen haben. Auch vorgestern war die Arbeit mühsam, den Stall aus der hintersten Ecke hervorzuholen. Es kostete Kraft die Hindernisse wegzuräumen. Ich sah etwas eingestaubt und ramponiert aus, als der Stall endlich wieder bereit war, Ochs und Esel und das Kind zu beherbergen. Gott

stellt uns sein Weihnachtsfest nicht wie eine Theateraufführung vor die Nase. Ein bisschen eigenes Tun und Zupacken und Mitdenken und Schwitzen gehört dazu. Fernsehweihnachten ist nicht Betlehemweihnachten. Jetzt steht der Stall an seinem Ort, aber das Jesuskind ist noch nicht in der Krippe. Es kommt erst in der Heiligen Nacht. Und wenn alle Besucher der Kirche sich über die leere Krippe beklagen: wir haben alles vorbereitet, so gut wir konnten. Aber Jesus kommt nicht, wann es der Umsatz des Weihnachtsgeschäftes will, sondern wenn die Zeit des Heils erfüllt ist.
Die Arbeit beim Aufbau unserer Krippe in der Kirche ist fast beendet. Manches lässt sich leicht an seinen Ort bringen, manches macht Schwierigkeiten. Wo stelle ich den Hirten mit seinem Schaf hin, damit er nicht am sechsten Januar dem König die Sicht auf das Kind in der Krippe verstellt? Es ist eine Begabung von uns, einander im Weg zu stehen und einander auf die Zehen zu treten. Das sollte wenigstens an der Krippe anders sein.
Seit neuestem gehört ein Hund zu unserer Krippe. Er stammt vom Weihnachtsmarkt auf dem Alex. Dieses Tier kommt neben das Hirtenfeuer. Wir sind kein exklusiver Klub. Es ist nicht gut, wenn wir alteingesessenen Gemeindemitglieder die Krippe so

blockieren, dass Neulinge keine Chance mehr haben. Natürlich merken manche, die an unsere Krippe kommen, dass der Schäferhund nicht zum ursprünglichen Bestand gehört. Das macht nichts. Jeder, der dazukommt, hat das Recht sich so mitzubringen, wie er ist. Das ist ja auch gar nicht anders möglich und sinnvoll. Vor einiger Zeit hat uns eine Nachbargemeinde ein Kamel zu unserer Krippe geschenkt. Da hat man so seine Probleme beim Aufbauen. Dieses Kamel beansprucht so viel Platz für sich, wie Kamele das so zu tun pflegen. Dieser Platz fehlt aber den anderen. Irgendwie wird sich das an der Krippe schon einrichten.
Den Ochsen unserer Krippe hat uns ein Restaurator nachmachen müssen. Irgendwie ist der Ochse des Originalbestands unserer über hundertjährigen Krippe abhanden gekommen. Auch das gehört zum Leben einer Pfarrgemeinde und zum Leben der Kirche. Nicht alle, die einmal an der Krippe gestanden haben, bleiben auch dort. Lebendige Menschen, die Jesus in der Krippe alleine lassen, sind nicht zu reproduzieren oder durch Kopien zu ersetzen. Nun kommt mein Spezialhirte an die Reihe. Der verliert jedes Jahr seinen Daumen. Den braucht er aber, um den Hirtenstab zu halten. Also muss ich jedes Jahr auch gleich eine Tube Alleskleber bereithalten und

den Daumen wieder ankleben. Dann wird die Klebestelle mit Filzstift nachgemalt, damit sie nicht auffällt. Da haben wir es: jedes Jahr stehe ich an der Krippe und verspreche Jesus anders zu werden. Und im nächsten Jahr stehe ich wieder vor der Krippe mit denselben Brüchen in meinem Leben, mit denselben Unmöglichkeiten meiner Existenz, mit denselben Schwachstellen meines Glaubens, mit denselben Sünden. Und Jesus hält das aus. Er schickt mich nicht weg, sondern sagt: Komm her!

Bei der ersten Weihnacht gab es weder Feier noch Empfangskomitee. Es standen weder Christbäume in der Gegend der Krippe, noch roch es nach Weihrauch wie in den Kirchen zur Mitternachtsmesse. Wonach roch es eigentlich? Was hat Jesus gerochen, als er das erste Mal in seinem Leben bei uns die Welt zu erschnuppern begann? Die Welt ist gut mit der Nase zu erkunden. Der Berliner Fernsehturm hat einen ganz anderen Geruch als die Berliner U-Bahn. Das KDW riecht anders als das Pergamonmuseum. Jesus hat natürlich alle diese Gerüche nicht wahrgenommen. Er roch etwas ganz anderes, nämlich Stall und Tier. Ich habe in meiner Kindheit Schafe und Ziegen gehütet. Von Parfüm ist da keine Rede. Es riecht nicht gut in der Welt, in die der Gottessohn kommt. Es ist dicke Luft in der

Welt, in die uns Gott seinen Sohn sendet, damals wie heute. Wir haben Jesus nicht mit Rosenduft empfangen und noch nicht einmal mit dem kräftigen Geruch einer gut zubereiteten Mahlzeit. Es roch im Stall eben nach Stall, und das ist der Geruch von Schweiß, von einem kokelnden Feuer, von Tierausdünstungen und der Nässe auf den alten Balken. Wir würden unsere Nase nicht freiwillig in so etwas hineinstecken. Wir würden uns die Nase zuhalten, wenn es nicht gut riecht. Sagen wir es kräftiger und deutlicher: wenn es stinkt. Wir würden den schlechten Geruch mit einem Deodorant vertreiben oder zumindest überlagern. Jesus sortiert die Welt nicht nach angenehmen und unangenehmen Gerüchen. Jesus hält sich nicht die Nase zu vor dem Gestank, den die Menschheitsgeschichte verströmt. Der Mensch gewordene Gottessohn ist da, wo es qualmt. Er tut das, weil er uns riechen kann. Wir bekommen von ihm nicht den Befehl, schleunigst zu verduften. Später in seinem Leben wird Jesus Christus dann mit dem Geruch des Todes konfrontiert werden, als sein Freund Lazarus schon drei Tage im Grabe liegt. Man wird Jesus vor diesem Todesgeruch warnen: Herr, er riecht schon. Aber der Herr wird auch mit diesem Extremgeruch fertig. Wo Jesus ist, hat man wieder Luft zum Atmen und Duft

zum Schnuppern. Wir dürfen uns auf den Duft von Weihnachten freuen. Er ist die Ankündigung der nicht zu fassenden Tatsache, dass die ganze Welt einmal Duft sein wird. Wir werden dann uns alle riechen können.
Es ist vier Tage vor Weihnachten, und die Frauen und Männer bei den Herden von Betlehem wissen noch nicht, dass sie zu Jesus gehen sollen. Es ist dunkle Nacht über den kargen Weiden von Betlehem, und keiner spürt, dass die dunkle Nacht strahlend hell unter dem Glanz der Engel sein wird. Vier Tage vor Weihnachten ahnen weder Ochs noch Esel noch Schafbock noch Ziege, dass der Gottessohn kommt. Der Stall ist da, aber keiner kann vermuten, dass er in vier Tagen zum berühmtesten Stall der Weltgeschichte wird. Die Szene des Beginns der Erlösung der Welt ist aufgebaut. Das große Spiel der Liebe Gottes zu uns kann beginnen. Doch Mensch und Tier und Baum und Stein sind ahnungslos. Und auch die religiös zuständigen Spezialisten, als da sind Priester und Propheten, merken nichts. So ist das. Gott geht auf uns zu, weil er uns aus unseren Egoismen und Sinnlosigkeiten herausholen will. Aber in uns regt sich nicht die leiseste Ahnung, dass es einen Gott geben könne, der sich total an uns verschenkt. Gott wird uns in vier

Tagen mit den Augen seines Sohnes Jesus Christus anschauen. Aber unsere Augen kleben an den Bildschirmen der Fernseher und an den Mattscheiben der Computer. Wir ahnen nichts und wollen nichts ahnen. Wir spüren nicht und wollen nichts spüren. Die Krippendarstellungen in den Schaufenstern bringen nicht mehr zum Nachdenken. Die ersten von ihnen habe ich schon Ende Oktober gesehen. Das macht nicht froh. Doch sollten wir nicht zu pessimistisch sein. Gott hat es geschafft, mit der Geburt seines Sohnes die Hirten aus ihrer Ahnungslosigkeit herauszuholen. Er hat es geschafft, in Betlehem die Szene der alltäglichen Vergesslichkeiten und Beschäftigtheiten aufzubrechen, und zwar ohne Vorankündigung und Vorwarnung. So einfach aus dem Stand. Gott kommt, wenn keiner mit ihm rechnet. Gott kommt, wenn ich gerade mit etwas total anderem, etwas ganz und gar nicht Religiösem, etwas geradezu Nebensächlichem beschäftigt bin. Ich werde keine Zeit mehr haben mir die Haare zu kämmen, mir ein Gebetbuch zu suchen, mir einen Platz der Stille zu sichern. Wenn es die Schafe und die Ochsen und die Esel gemerkt haben, werde ich es auch merken. Er wird da sein.

An das Christkind

Anonym

Ein Pferdchen zum Reiten,
ein Püppchen zum Kleiden,
ein Wagen zum Fahren,
ein Büchslein zum Sparen,
zum Kochen ein Büchlein,
viel Steine zum Bauen,
viel Äpfel zum Kauen,
und ein Geiglein zum Greifen,
und ein Flötlein zum Pfeifen,
und ein Glöcklein zum Klingen –
das soll's Christkindlein bringen.

Die Weihnachtsgans

Heinz Erhardt

Tiefgefroren in der Truhe
liegt die Gans aus Dänemark.
Vorläufig lässt man in Ruhe
sie in ihrem weißen Sarg.

Ohne Bein, Kopf und Gekröse
liegt sie neben dem Spinat.
Ob sie wohl ein wenig böse
ist, dass man sie schlachten tat?

Oder ist es nur zu kalt ihr?
Man siehts an der Gänsehaut …
Nun, sie wird bestimmt nicht alt hier:
morgen wird sie aufgetaut.

Hm, welch Duft zieht aus dem Herde
durch die ganze Wohnung dann.
Mach, dass gut der Braten werde
morgen kommt der Weihnachtsmann!

Gefühle nach dem Kalender

Kurt Tucholsky

Eigentlich ist es ja ein bisschen merkwürdig: wenn nur noch wenige dünne Kalenderblätter den Abreißer vom 24. Dezember trennen, so senkt sich jenes weihnachtliche Gefühl auf ihn hernieder, das ihr alle kennt. Er wird ein bisschen weich, er wird ein wenig träumerisch, und wenn der ganze Apparat des Einkaufs vorbeigeklappert ist, wenn all das Tosen und Wirken vorüber ist, dann saugt er doch an seiner Weihnachtszigarre und denkt sich dies und das und allerlei. Aber wie denn? Kann man denn seine Gefühle kommandieren –? Kann man denn – nach dem Kalender – seine Empfindungen regeln?
Man kanns nicht. Der Schnurriker Mynona erzählt einmal die Geschichte vom Schauspieler Nesselgrün, dem es plötzlich einfiel, sein ihm zustehendes Weihnachten im August zu feiern – und unter unendlichem Hallo geht denn diese deplacierte Festlichkeit auch vor sich. Aber wir haben doch gelacht, als

wir das lasen. Könnten wir andern das auch? Es ist wohl nicht nur die Furcht, uns lächerlich zu machen – es muss noch etwas anderes sein.

Der Grund, dass wir wirklich – jedes Weihnachten – in jedem Jahr – immer aufs neue imstande sind, genau um den 25. Dezember herum die gleichen starken Gefühle zu hegen, liegt doch wohl darin, dass sie sich angesammelt haben. Es muss doch irgendetwas da sein, das tropfenweise anschwillt, das ganze Jahr hindurch.

Schließlich ist doch der Kalender etwas ganz Äußerliches, Relatives, wir sind in gewisser Hinsicht mit ihm verwachsen – aber die Zeit ist nicht in uns, wir sind in der Zeit. Und das kleine Blättchen, das den Vierundzwanzigsten anzeigt, ist kein Grund, es ist ein Signal und ein Anlass.

Ich habe immer das Gefühl, als ob wir jede Woche im Jahr weihnachtliche Empfindungen genug aufbrächten – aber gute Kaufleute, die wir sind, legen wir sie ›in kleinen Posten‹ zurück, bis es sich einmal lohnt. Im Dezember ist dann das Maß meist voll.

Ist es nicht schließlich mit jedem Gedenktag so –? Warum sollen wir gerade am neunzehnten an sie denken, und warum nicht einen Tag später –? ›Heute vor einem Jahr‹ – ach Gott, entweder wir empfinden immer, dass sie auf der Welt ist – oder wir emp-

findens am neunzehnten auch nur konventionell. Gefühle nach dem Kalender –: das geht nur, wenn der Kalender sie ins Rollen bringt.
Gefühle nach dem Kalender ... Wir haben alle nur keine Zeit, um gut zu sein, wie? Wir haben nur alle keine Zeit. Und müssen tausend- und tausendmal herunterschlucken und herunterdrücken und sind vielleicht im Grunde alle froh, allweihnachtlich einen Anlass gefunden zu haben, den gestauten Sentiments freien Lauf zu lassen. Wer erst nach dem Kalenderblatt sieht, sich vor den Kopf schlägt und »Ach, richtig!« ruft – dem ist nicht zu helfen.
Vielleicht hat diese neue – ehemals große – Zeit manches am deutschen Weihnachtsfeste geändert. Ich weiß nicht, obs innerlich geworden ist. Es täte uns so Not – nicht aus Gründen der Religion, die jedermanns Privatsache ist – sondern aus Gründen der Kultur. Diesem Volk schlägt ein Herz, aber es liegen so viel Kompressen darauf.
Reißt sie ab. Wagt einmal (was besonders dem Norddeutschen schwer und sauer fällt), wagt einmal, geradeaus zu empfinden. Und wenn euch das Fest nach all dem, was geschehen ist, doppelt lieb, aber doppelt schwierig erscheint, dann denkt daran, wie ihr es im Feld gefeiert habt, und wo – und denkt daran, wie es ein Halt gewesen ist gegen die Lasten

des äußern und innern Feindes, und wie schon das Datum, wie schon der Kalender Trost war in verdammt schwarzen Tagen. Und – weil wir hier gerade alle versammelt sind – denkt schließlich und zu guter Letzt – auch an etwas anderes.

Nach dem Kalender fühlen … Aber habt ihr einmal geliebt … ? Die Damen sehen in ihren Schoß, und die Herren lächeln so unmerklich, dass ich von meiner Kanzel her Mühe habe, es zu erkennen. Also ihr habt geliebt, und ihr – ich sehe keinen an – liebt noch. Nun, ihr Herren, und wenn sie Geburstag hat? Nun, ihr Herren, und wenn der Tag auf dem Kalender steht, an dem ihr sie zum erstenmal geküsst habt –? Nun?

Ihr feiert das. Was im ganzen Jahr künstlich oder zufällig zurückgedämmt war – es bricht – wenns eine richtige Liebe ist – elementar an solchem Tage hervor aus tiefen Quellen. Der Tag, dieser dumme Tag, der doch gleich allen anderen sein sollte, ist geheiligt und festlich und feierlich und freundlich – und ihr denkt und fühlt: sie – und nur sie. Nach dem Kalender … ?

Nicht nach dem Kalender. Ihr tragt alle den Kalender in euch. Es ist ja nicht das Datum oder die bewusste Empfindung, heute müsse man nun … Es

ist, wenn ihr überhaupt wisst, was ein Festtag ist, was Weihnachten ist: euer Herz.
Lasst uns einmal von dem Festtags-›Rummel‹ absehen, der in einer großen Stadt unvermeidlich ist. Lasst uns einmal daran denken, wie Weihnachten gefeiert werden kann, unter wenigen Menschen, die sich verstehen. Das ist kein Ansichtskarten-Weihnachten. Das ist nicht das Weihnachten des vierundzwanzigsten Dezembers allein – es ist das Weihnachten der Seele. Gibt es das –?
Es soll es geben. Und gibt es auch, wenn ihr nur wollt. Grüßt, ihr Herren, die Damen, küsst ihnen leise die Hand (bitte in meinem Auftrag) und sagt ihnen, man könne sogar seine Gefühle nach dem Kalender regeln: zum Geburtstag, zum Gedenktag – und zu Weihnachten.
Aber man muss welche haben.

Weihnachtszeit

Heinrich Hoffmann von Fallersleben

O schöne, herrliche Weihnachtszeit,
was bringst du Lust und Fröhlichkeit!
Wenn der heilige Christ in jedem Haus
teilt seine lieben Gaben aus.

Und ist das Häuschen noch so klein,
so kommt der heilige Christ hinein,
und alle sind ihm lieb wie die Seinen,
die Armen und Reichen, die Großen und Kleinen.

Der heilige Christ an alle denkt,
ein jedes wird von ihm beschenkt.
Drum lasst uns freu'n und dankbar sein!
Er denkt auch unser, mein und dein.

Stoßseufzer

Theodor Storm

Am Weihnachtssonntag kam er zu mir,
In Jack und Schurzfell, und roch nach Bier
Und sprach zwei Stunden zu meiner Qual
Von Zinsen und von Kapital;
Ein Kerl, vor dem mich Gott bewahr!
Hat keinen Festtag im ganzen Jahr.

Weihnachtspost von der Behörde

Andreas Malessa

Briefabsender:
Innenministerial-Finanzfahndungs-Oberamts-Sekretär,
Franz Xaver Pingelmann, Jerusahausen
Abt. Anträge, Beglaubigungen und vierfache Durchschläge

Briefempfänger:
Unterkommunal-Sachbearbeiter
Gustl Gscheidmayr
Bürgermeisteramt Bethleheim

Betreff: M., J. *und Kind*
Die Ortsbegehung des Anwesens Flur 24/12/00, ausgewiesen als landwirtschaftlicher Nutzraum, hat die offensichtlich spontane Zweckentfremdung infolge Inbetriebnahme als Hotelgewerbe ohne entsprechende Anmeldung oder Umsatzsteuer-Voranmeldung

ergeben. Nicht nach EU-Norm kontrollierter und insofern BSE-verdächtiger Tierbestand – hier: Ochs und Esel – fand sich neben einer die innere Sicherheit und den sozialen Frieden gefährdenden Asylantenflut von drei Personen. Bei dem Mann, der Frau und ihrem eventuell eigenen Neugeborenen – vor allem der Vater macht dazu uneindeutige Aussagen – handelt es sich angeblich um eine nicht eheliche Lebensgemeinschaft, vermutlich jedoch um eine Scheinehe zum Zwecke des Betlehem-Aufenthalts der Frau. Für das Neugeborene konnten die Stallbesetzer weder eine Geburtsurkunde noch den Nachweis einer kinderärztlichen U1-Untersuchung vorweisen, ebenso fehlen Mutterpass und Krankenversicherungskarte der Gebärerin. Auf unzivilisierte Sitten im Herkunftsland deutet auch der Umstand hin, dass die Eltern ihr Kind gewohnheitsmäßig in einem Futtertrog halten.
Eine Gruppe landwirtschaftlicher Leiharbeiter ignorierte die Aufforderung, ihre Lohnsteuerkarten vorzuzeigen, und verweigerte die Auskunft, ob ihr Nachtarbeitszuschlag versteuert ist. Stattdessen gaben die Leiharbeiter beglückt »Engelsgesang« zu Protokoll. Daraufhin veranlasste Blut- und Urinproben zur Feststellung von Dopingmitteln oder Drogen blieben jedoch ergebnislos.
Eine im Stallhotel befindliche ausländische Touris-

tengruppe – laut Einreisevisum Wissenschaftler der Astronomie – wurde der unerlaubten Arbeitsaufnahme überführt, da sie einen »Stern gesehen« hatte, also zweifelsfrei ihrem Beruf nachgegangen war.
Das festgesetzte Bußgeld für diese und andere Ordnungswidrigkeiten (Kamele parken im Halteverbot z. B.) entrichteten sie sofort in Gold, Weihrauch und Myrrhe. Zu prüfen bleibt, ob der Goldbetrag unter das Geldwäschegesetz fällt, ob es eine unzulässige Kreditvergabe an die Eltern des Kindes, eine tatsächlich gemeinnützige Spende oder eine Schenkung zwecks Hinterziehung der Erbschaftssteuer ist.
Seitens meiner Behörde ordne ich die sofortige Inhaftierung der Hirten und der Weisen an, da Verdunklungsgefahr besteht (»Heilige Nacht«!), und empfehle die baldige Abschiebung der Asylantenflut, bevor sie dieser unserer ordnungsgemäßen Maßnahme durch Flucht (denkbar wäre Ägypten) zuvorkommt.
Sollten sich die steuerflüchtig-scheinverheiratet-schwarzarbeitenden Verdächtigen behördlichem Zugriff widersetzen, ist herodischerseits die Option Kindermord nicht auszuschließen.

Mit gründlichem Gruß – hochachtungsvoll
Pingelmann(nach Diktat verreist)

Zum 24. Dezember 1890

Theodor Fontane

Noch einmal ein Weihnachtsfest,
Immer kleiner wird der Rest,
Aber nehm ich so die Summe,
Alles Grade, alles Krumme,
Alles Falsche, alles Rechte,
Alles Gute, alles Schlechte –
Rechnet sich aus all dem Braus
Doch ein richtig Leben heraus.
Und dies können ist das Beste
Wohl bei diesem Weihnachtsfeste.

Ruhig sein, nicht ärgern, nicht kränken,
Ist das allerliebste Schenken;
Aber mit diesem Pfefferkuchen
Will ich es noch einmal versuchen.

Interview mit dem Weihnachtsmann

Eine vorweihnachtliche Betrachtung

Erich Kästner

Es hatte schon wieder geklingelt. Das neuntemal im Verlauf der letzten Stunde! Heute hatten, so schien es, die Liebhaber von Klingelknöpfen Ausgang. Mürrisch rollte ich mich türwärts und öffnete.
Wer, glauben Sie, stand draußen? Sankt Nikolaus persönlich! In seiner bekannten historischen Ausrüstung. »Oh«, sagte ich. »Der eilige Nikolaus!« – »Der heilige, wenn ich bitten darf. Mit h!« Es klang ein wenig pikiert. »Als Junge habe ich Sie immer den eiligen Nikolaus genannt. Ich fand's plausibler.« – »Sie waren das?« – »Erinnern Sie sich denn noch daran?« – »Natürlich! Ein kleiner hübscher Bengel waren Sie damals!«
»Klein bin ich immer noch.« – »Und nun wohnen Sie also hier.« – »Ganz recht.« Wir lächelten resigniert und dachten an vergangene Zeiten.

»Bleiben Sie noch ein bisschen!« bat ich. »Trinken Sie noch eine Tasse Kaffee mit mir!« Er tat mir, offen gestanden, leid.

Was soll ich Ihnen sagen? Er blieb. Er ließ sich herein. Erst putzte er sich am Türvorleger die Stiefel sauber, dann stellte er den Sack neben die Garderobe, hängte die Rute an einen der Haken, und schließlich trank der mit mir in der Wohnstube Kaffee.

»Zigarre gefällig?« – »Das schlag ich nicht ab.« Ich holte die Kiste. Er bediente sich. Ich gab ihm Feuer. Dann zog er sich mit Hilfe des linken den rechten Stiefel aus und atmete erleichtert auf. »Es ist wegen der Plattfußeinlage. Sie drückt niederträchtig.« – »Sie Ärmster! Bei Ihrem Beruf!« – »Es gibt weniger Arbeit als früher. Das kommt meinen Füßen zupass. Die falschen Nikoläuse schießen wie die Pilze aus dem Boden.«

»Eines Tages werden die Kinder glauben, dass es Sie, den echten, überhaupt nicht mehr gibt.« – »Auch wahr! Die Kerls schädigen meinen Beruf! Die meisten von denen, die sich einen Pelz anziehen, einen Bart umhängen und mich kopieren, haben nicht das mindeste Talent! Es sind Stümper!« – »Weil wir gerade von Ihrem Beruf sprechen«, sagte ich, »hätte ich eine Frage an Sie, die mich schon seit meiner

Kindheit beschäftigt. Damals traute ich mich nicht. Heute schon eher. Denn ich bin Journalist geworden.« – »Macht nichts«, meinte er und goß sich Kaffee zu. »Was wollen Sie seit Ihrer Kindheit von mir wissen?« – »Also«, begann ich zögernd, »bei Ihrem Beruf handelt es sich doch eigentlich um eine Art ambulanten Saisongewerbes, nicht? Im Dezember haben Sie eine Menge Arbeit. Es drängt sich alles auf ein paar Wochen zusammen. Man könnte von einem Stoßgeschäft reden. Und nun ...« – »Hm?« – »Und nun wüsste ich brennend gern, was Sie im übrigen Jahr tun!«
Der gute alte Nikolaus sah mich einigermaßen verdutzt an. Er machte fast den Eindruck, als habe ihm noch niemand die so naheliegende Frage gestellt. »Wenn Sie sich nicht darüber äußern wollen ...« – »Doch, doch«, brummte er. »Warum denn nicht?« Er trank einen Schluck Kaffee und paffte einen Rauchring. »Der November ist natürlich mit der Materialbeschaffung mehr als ausgefüllt. In manchen Ländern gibt's plötzlich keine Schokolade. Niemand weiß wieso. Oder die Äpfel werden von den Bauern zurückgehalten. Und dann das Theater an den Zollgrenzen. Und die vielen Transportpapiere. Wenn das so weitergeht, muss ich nächstens den Oktober noch dazunehmen. Bis jetzt benutze ich den Oktober eigent-

lich dazu, mir in stiller Zurückgezogenheit den Bart wachsen zu lassen.«
»Sie tragen den Bart nur im Winter?« – »Selbstverständlich. Ich kann doch nicht das ganze Jahr als Weihnachtsmann herumrennen. Dachten Sie, ich behielte auch den Pelz an? Und schleppte 365 Tage den Sack und die Rute durch die Gegend? Na also. – Im Januar mache ich dann die Bilanz. Es ist schrecklich. Weihnachten wird von Jahrhundert zu Jahrhundert teurer!« – »Versteht sich.« – »Dann lese ich die Dezemberpost. Vor allem die Kinderbriefe. Es hält kolossal auf, ist aber nötig. Sonst verliert man den Kontakt mit der Kundschaft.« – »Klar.« – »Anfang Februar lasse ich mir den Bart abnehmen.«
In diesem Moment läutete es wieder an der Flurtür. »Entschuldigen Sie mich, bitte?« Er nickte. Draußen vor der Tür stand ein Hausierer mit schreiend bunten Ansichtskarten und erzählte mir eine sehr lange und sehr traurige Geschichte, deren ersten Teil ich mir tapfer und mit zusammen»gebissenen« Ohren anhörte. Dann gab ich ihm das Kleingeld, das ich lose bei mir trug, und wir wünschten einander auch weiterhin alles Gute. Obwohl ich mich standhaft weigerte, drängte er mir als Gegengeschenk ein halbes Dutzend der schrecklichen Karten auf. Er sei, sagte

er, schließlich kein Bettler. Ich achtete seinen schönen Stolz und gab nach. Endlich ging er.

Als ich ins Wohnzimmer zurückkam, zog Nikolaus gerade ächzend den rechten Stiefel an. »Ich muss weiter«, meinte er, »es hilft nichts. Was haben Sie denn da in der Hand?« – »Postkarten. Ein Hausierer zwang sie mir auf.« – »Geben Sie her. Ich weiß Abnehmer. Besten Dank für Ihre Gastfreundschaft. Wenn ich nicht der Weihnachtsmann wäre, könnte ich Sie beneiden.«

Wir gingen in den Flur, wo er seine Utensilien aufnahm. »Schade«, sagte ich. »Sie sind mir noch einen Teil Ihres Jahreslaufs schuldig.« Er zuckte die Achseln. »Viel ist im Grunde nicht zu erzählen. Im Februar kümmere ich mich um den Kinderfasching. Später ziehe ich auf Frühjahrsmärkten umher. Mit Luftballons und billigem mechanischen Spielzeug. Im Sommer bin ich Bademeister und gebe Schwimmunterricht. Manchmal verkaufe ich auch Eiswaffeln in den Straßen. Ja, und dann kommt schon wieder der Herbst – und nun muss ich wirklich gehen.«

Wir schüttelten uns die Hand. Ich sah ihm vom Fenster aus nach. Er stapfte mit großen, hastigen Schritten durch den Schnee. An der Ecke Ungerstraße wartete ein Mann auf ihn. Er sah wie der Hausierer aus, wie der redselige mit den blöden Ansichtskarten. Sie bogen gemeinsam um die Ecke. Oder hatte ich mich getäuscht? Eine Viertelstunde danach klingelte es schon wieder. Diesmal erschien der Laufbursche des Delikatessengeschäftes Zimmermann Söhne. Ein angenehmer Besuch! Ich wollte bezahlen, fand aber die Brieftasche nicht gleich. »Das hat ja Zeit, Herr Doktor«, meinte der Bote väterlich. »Ich möchte wetten, dass sie auf dem Schreibtisch gelegen hat!« sagte ich. »Nun gut, ich begleiche die Rechnung morgen. Aber warten Sie noch, ich bring' Ihnen eine gute Zigarre!« Die Kiste mit den Zigarren fand ich auch nicht gleich. Das heißt, später fand ich sie ebenso wenig. Die Zigarren nicht. Die Brieftasche auch nicht. Das silberne Zigarettenetui war auch nicht zu finden. Und die Manschettenknöpfe mit den großen Mondsteinen und die Frackperlen waren weder an ihrem Platz noch sonst wo. Jedenfalls nicht in meiner Wohnung.

Ich konnte mir gar nicht erklären, wohin das alles geraten sein mochte. Es wurde trotzdem ein stiller hübscher Abend. Es klingelte niemand mehr. Wirklich, ein gelungener Abend. Nur irgend etwas fehlte mir. Aber was? Eine Zigarre? Natürlich! Glücklicherweise war das goldene Feuerzeug auch nicht mehr da. Denn das muss ich, obwohl ich ein ruhiger Mensch bin, bekennen: Feuer zu haben, aber nichts zum Rauchen im Haus, das könnte mir den ganzen Abend verderben!

☆

Unter dem Lichterbaum

Fritz Fröhling

Ein junger Komponist hatte eine Weihnachtsoper geschrieben, in der die Bläser bis zur totalen Erschöpfung strapaziert wurden.
Moritz Hauptmann, der mit scharfem Witz begabte Kantor der Leipziger Thomaskirche, der gebeten worden war, das Werk zu prüfen, blätterte die Partitur durch und fragte den Anfänger dann: »Das ist wohl eine Bühnenmusik für ein Stück von Shakespeare.«
Der junge Mann, leicht überrascht: »Nein, das ist ein Weihnachtsmärchen – wie kommen Sie denn gerade auf Shakespeare?«
Hauptmann erwiderte: »Und ich hätte felsenfest auf ›Viel Lärm um Nichts‹ getippt.«

Christgeschenk

Johann Wolfgang von Goethe

Mein süßes Liebchen! Hier in Schachtelwänden
Gar mannigfalt geformte Süßigkeiten:
Die Früchte sind es heil'ger Weihnachtszeiten,
Gebackne nur, den Kindern auszuspenden!

Dir möcht ich dann mit süßem Redewenden
Poetisch Zuckerbrot zum Fest bereiten;
Allein was soll's mit solchen Eitelkeiten?
Weg den Versuch, mit Schmeichelei zu blenden!

Doch gibt es noch ein Süßes, das vom Innern
Zum Innern spricht, genießbar in der Ferne,
Das kann nur bis zu dir hinüberwehen.

Und fühlst du dann ein freundliches Erinnern,
Als blinkten froh dir wohlbekannte Sterne,
Wirst du die kleinste Gabe nicht verschmähen.

Die zwölf Weihnachtstage

Reinhard Mey

Am ersten Weihnachtstage, da schenkt
die Liebste mir
Ein höchst ungewöhnliches Tier.

Am zweiten Weihnachtstage, da schenkt
die Liebste mir
Zwei Nachtigallen
Und ein höchst ungewöhnliches Tier.

Am dritten Weihnachtstage, da schenkt
die Liebste mir
Drei Känguruhs,
Zwei Nachtigallen
Und ein höchst ungewöhnliches Tier.

Am vierten Weihnachtstage, da schenkt
die Liebste mir
Vier Kolibris,
Drei Känguruhs,

Zwei Nachtigallen
Und ein höchst ungewöhnliches Tier.

Am fünften Weihnachtstage, da schenkt
die Liebste mir
Fünf gold'ne Ringe,
Vier Kolibris, drei Känguruhs, zwei Nachtigall'n
Und ein höchst ungewöhnliches Tier.

Am sechsten Weihnachtstage, da schenkt
die Liebste mir
Sechs Turteltäubchen,
Fünf gold'ne Ringe,
Vier Kolibris, drei Känguruhs, zwei Nachtigall'n
Und ein höchst ungewöhnliches Tier.

Am siebten Weihnachtstage, da schenkt
die Liebste mir
Sie-Bengaltiger,
Sechs Turteltäubchen,
Fünf gold'ne Ringe,
Vier Kolibris, drei Känguruhs, zwei Nachtigall'n
Und ein höchst ungewöhnliches Tier.

Am achten Weihnachtstage, da schenkt
die Liebste mir
Acht rosa Ferkel,

Sie-Bengaltiger,
Sechs Turteltäubchen,
Fünf gold'ne Ringe,
Vier Kolibris, drei Känguruhs, zwei Nachtigall'n
Und ein höchst ungewöhnliches Tier.

Am neunten Weihnachtstage, da schenkt
die Liebste mir
Neun Bunte Hunde,
Acht rosa Ferkel,
Sie-Bengaltiger,
Sechs Turteltäubchen,
Fünf gold'ne Ringe,
Vier Kolibris, drei Känguruhs, zwei Nachtigall'n
Und ein höchst ungewöhnliches Tier.

Am zehnten Weihnachtstage, da schenkt
die Liebste mir
Zehn verrückte Hühner,
Neun Bunte Hunde,
Acht rosa Ferkel,
Sie-Bengaltiger,
Sechs Turteltäubchen,
Fünf gold'ne Ringe,
Vier Kolibris, drei Känguruhs, zwei Nachtigall'n
Und ein höchst ungewöhnliches Tier.

Am elften Weihnachtstage, da schenkt
die Liebste mir
Elf aufgebund'ne Bären,
Zehn verrückte Hühner,
Neun Bunte Hunde,
Acht rosa Ferkel,
Sie-Bengaltiger,
Sechs Turteltäubchen,
Fünf gold'ne Ringe,
Vier Kolibris, drei Känguruhs, zwei Nachtigall'n
Und ein höchst ungewöhnliches Tier.

Am zwölften Weihnachtstage, da schenkt
die Liebste mir
Zwölf hypnotisierte Kaninchen,
Elf aufgebund'ne Bären,
Zehn verrückte Hühner,
Neun Bunte Hunde,
Acht rosa Ferkel,
Sie-Bengaltiger,
Sechs Turteltäubchen,
Fünf gold'ne Ringe,
Vier Kolibris, drei Känguruhs, zwei Nachtigall'n
Und ein höchst ungewöhnliches Tier.

Holger, Knabe im lockigen Haar

Was man Weihnachten alles zu hören bekommt

Axel Hacke

Weihnachten wird viel gesungen in Familien überall auf der Welt. Vielleicht beginnen wir mit einem der berühmtesten Verhör-Fälle, nämlich Rudolph, the red-nosed reindeer, hierzulande bekannt als Rudolf Rotznase, das Rentier. Da heißt es im Text des Liedes, Rudolf habe eine leuchtende, geradezu glühend-rote Nase gehabt – und weiter:
»All of the other reindeer
used to laugh and call him names…«
Also: Alle Rentiere lachten und spotteten über ihn. Viele amerikanische Kinder aber hören Jahr für Jahr:
»Olive the other reindeer
used to laugh and call him names…«
Also gibt es da nur ein anderes Rentier namens Olive, das den Rudolf hänselt. Der Fall ist so berühmt,

dass Vivian Walsh und J. Otto Seibold ein schönes Kinderbuch verfasst haben, in dem ein kleiner Hund namens Olive die Hauptrolle spielt. Olive hört das Lied und kommt in eine Identitätskrise, fühlt sich als Rentier angesprochen und bricht zum Nordpol auf, um sich für die Rentierherde des Weihnachtsmannes zu bewerben...

So gehört Olive in eine Reihe mit den vielen anderen Wesen, die aus Verhörern entstanden sind, »Gladly, the cross-eyed bear« zum Beispiel, Gladly, der schielende Bär, der seine Phantasie-Existenz dem Kirchenlied Gladly, the cross I'd bear verdankt. Und »Round John Virgin«, dem dicken John Virgin, der dem englischen Text von Stille Nacht entstammt, in dem es heißt:

»Silent Night, holy night
all is calm, all is bright
round you virgin mother and child...«
(»Stille Nacht! heilige Nacht!
Alles schläft, einsam wacht
Nur das traute heilige Paar...«)

Im deutschen Text des Liedes fühlte sich einst Holger, der kleine Bruder von Herrn D. aus Mainz, sogar persönlich besungen. Er hörte Jahr für Jahr:

»Holger, Knabe im lockigen Haar
Schlafe in himmlischer Ruh'!«

Das Holde ist als Wort dem Kind nun einmal ebenso fremd wie die Gnade, weshalb sowohl Herr K. aus München als auch Herr P. aus Trier berichten, in ihren Familien sei die Zeile von der »Gnaden bringenden Weihnachtszeit« oft als »Knaben bringende Weihnachtszeit« aufgefasst worden, was nicht ganz ohne Logik ist, bedenkt man noch die Post von Frau K., die von einer Freundin ihrer Mutter schrieb, die plötzlich abends ihren fünfjährigen Sohn beten hörte: »Maria, du bist voller Knaben.«
Wie es im Himmel zugehen mag, davon machen sich viele Kinder gerade zu Weihnachten ein eigenes Bild. Zahlreiche Leser schrieben, sie hätten bei »Ihr Kinderlein kommet« statt »Hoch droben schwebt jubelnd der Engelein Chor« gehört: »Hoch droben schwebt Josef den Engeln was vor.«
Wohingegen im Hause der Familie F. in Stadthagen jedenfalls das Christuskind nicht schwebte, sondern … Die Eheleute F. berichteten in einem gemeinsam unterzeichneten Schreiben, ihr vierjähriger Enkel Carlo habe das »Alle Jahre wieder« so vorgetragen:

»Alle Jahre wieder
kommt das Christuskind
auf die Erde nieder,
wo wir Menschen sind.

Kehrt mit seinem Segen
Ein in jedes Haus,
geht auf allen Vieren
mit uns ein und aus.«

»Wie alle frommen Seelen wissen, muss es heißen: ›Geht auf allen Wegen...‹«, schrieben Herr und Frau F. Aber das muss man uns ja nicht erzählen.

Dr. P. aus Greifenberg schrieb: »Unser Sohn Martin, Heiligabend 1962, knapp drei Jahre, fragte, als wir nach der ersten Strophe von »Ihr Kinderlein kommet« Atem schöpfen wollten: ›Wieso eigentlich in Beethovens Stall?‹«

Welch' seltsame Personen an welch' seltsamen Orten da den Kindern zu Weihnachten gegenüber treten – und wie sie aussehen! Da ist der Herr Rodes, der in Wahrheit Herodes heißt – Frau H. aus Bischofsgrün berichtet von ihm.

Da ist die Julia, die in Kirchen so oft mit herzlich lautem »Hallo Julia!« gegrüßt wird, jedenfalls verstand die Enkelin von Frau M. aus München das »Hallelujah!« so.

Und da ist der bekannte Gottessohn Owi aus der Stillen Nacht: »Stille Nacht, heilige Nacht
Gottes Sohn, Owi lacht
Lieb aus deinem göttlichen Mund...«

Von dem erzählten viele.

Ja, und da wäre noch Herr K. aus München, dessen Vater in »Am Weihnachtsbaume, die Lichter brennen« die Zeile »... kein Auge hat sie kommen seh'n« Jahr für Jahr sang als: »...kein Auge hat sie und konnte seh'n.«

Herrn W. aus München wollen wir nicht vergessen, dessen kleiner Bruder im Alter von fünf Jahren zwei Zeilen in »Leise rieselt der Schnee« immer missverstand. Im Original heißen sie:

»In den Herzen ist's warm
Still schweigt Kummer und Harm.«

Der Bruder hörte:

»In den Herzen ist's warm
Still schweigt Kummer und Darm.«

Aus der Kinderstube

Friedrich Rückert

Aus der Kinderstub' ein Märchen.
Zu Weihnachten kann ein Pärchen
Zuckerwerk gesandt vom Bäschen –
war's ein Jäger und ein Häschen,
war's ein Schäfer und ein Lämmchen
neben einem Tannenstämmchen?
Nicht mehr weiß ich's, kurz: ein Männchen
und ein Tierchen bei 'nem Tännchen.
Und die Mutter sprach dem Ernst,
ihrem jüngsten, zu mit Ernst:
Dieses sollst du nur betrachten,
aber nicht zu essen trachten.
Doch, ihn erst zu prüfen eben,
ward ihm nur das Tier gegeben,
sie behielt den Mann zurücke,
das gereichte dem zum Glücke.
Denn sein Tierchen nahm das Bübchen,
sperrt es in sein Spielzeugschiebchen,
kam dann stündlich zu der Mutter:

Gib mir für mein Tierchen Futter!
Äpfel gab sie ihm und Semmeln,
was nicht Hasen taugt noch Hämmeln,
doch der Futter selber aß es,
meinte stets, sein Tierchen fraß es.
Als nun lang der arme Schlucker
so geweidet seinen Zucker,
und sein Auge dran geweidet,
war ihm diese Lust verleidet.
Er begann es zu belecken,
und es mochte süß ihm schmecken,
und mit einmal war das Köpfchen
ab dem zuckernen Geschöpfchen.
Und wie's mit dem Haupt gelungen,
war das ganze bald bezwungen.
Als er nun nicht mehr um Futter
kam zu betteln bei der Mutter,
merkte sie, dass was geschehen,
sprach: Lass mich dein Tierchen sehen!
Und der Sünder stand betroffen.
Mutter sprach: ich will nicht hoffen,
dass du's habest aufgegessen?
»Mutter, nein! doch aufgefressen.«
Wie? gleich wilden Raubtierhorden?
»Ja! Ich war zum Wolf geworden;
weil du von dem Wolf doch immer

Abends uns erzählst im Zimmer.«
Und du hast es ganz gegessen?
»Nur soviel der Wolf kann fressen,
nur das Tierchen, nicht das Tännchen.
Aber gib mir nur das Männchen,
das will ich bewahren besser.«
Mutter sprach: Ein Menschenfresser
willst du werden ungeheuer?
Und das Kind war rot wie Feuer.
Doch sie sprach: Dass wird's verbessern,
weil ich doch von Menschenfressern
Abends dir auch vorgetragen,
will ich's Männchen dir versagen,
dass nicht etwa gar, mein Kindchen,
du's verschlingest samt dem Flintchen.
Oder ob gesagt sie habe,
statt der Flinte: mit dem Stabe;
das kommt darauf an, ob Jäger
es gewesen oder Schäfer.

Meine Weihnachten 1917

Johannes Derksen

Eigentlich unter den Millionen Weihnachtserlebnissen zur Kriegs- und Nachkriegszeit nichts Besonderes; und doch erinnern wir uns vielleicht einmal daran, wo es uns jetzt so gut geht, vielleicht auch aus anderen Gründen.
Es war die vierte Kriegsweihnacht, und es sollte die letzte sein im ersten Weltkrieg.
Für mich war es die erste Weihnacht fern der Heimat. Es sagen viele Historiker, das Jahr 1917 sei das entscheidendste Jahr unseres Jahrhunderts gewesen. Ich wusste es nicht, ich habe damals kaum etwas von der großen Weltgeschichte gehört. Meistens stand im Tagesbericht: »Im Westen nichts Neues.« Für mich war es jedenfalls das entscheidendste Jahr meines Lebens. Ich wurde Soldat im bitteren Winter Anfang 1917, kam im September an die Front und war zwei Tage vor meinem Geburtstag französischer Kriegsgefangener. Ich konnte von Glück re-

den, dass ich als sechster der Soldatenbrüder so gut davongekommen war.
Ich will nicht vom Schlammlager unter freiem Himmel erzählen, wo ich 19 Jahre alt wurde, wie alles in mir zusammenbrach, wie ich so verzweifelt war, dass ich glaubte, ich würde mein ganzes Leben lang nicht mehr lachen können. Mein Geburtstagsgeschenk bestand darin, dass ich irgendwie einen großen Soldatenzwieback mehr bekam und dass wir alle unter Soldatenzelten schlafen konnten nach den Strapazen des langen Trommelfeuers an der Front, dass der Himmel wieder blau wurde und die Herbstsonne schien. Von Heldentum in der Brust keine, absolut keine Spur.
Wir bekamen grasgrün gefärbte alte Soldatenkleidung, sogar einen Mantel. Überall stand unsere Firma drauf, auf den Knien, auf dem Gesäß, auf dem Rücken, auf der Brust, auf der Mütze: PG, da hieß: »Prisonnier de guerre«, also Kriegsgefangener.
Was wird aus uns werden? Wir durften eine rote, vorgedruckte Karte nach Hause schreiben, dass wir unverwundet in Gefangenschaft geraten waren. Wir hatten sogar eine Nummer, meine habe ich vergessen.
Nach einiger Zeit kamen wir in ein Riesenlager mit vielen großen Baracken, die je hundert Mann fass-

ten. Es lag irgendwo in den Wäldern um Dijon und hieß Alibaudieres. Es war eine kalkige Gegend. Das merkten wir, wenn wir mit den Pantinen, den Holzschuhen, so fest steckenblieben, dass wir in den Socken oder Fußlappen in den Dreck traten. In der Baracke gab es rechts und links Zweistockwerksgestelle mit Stroh darauf. Darauf legten wir unsere Zeltplane und deckten uns mit den Decken zu. Bei der großen Kälte wurde in der ganzen Baracke nur ein Kanonenöfchen geheizt.

Übrigens gab es bei der Gefangennahme auch anständige Kameraden. Einer nahm mich ganz alleine in einem Abschnitt des Schützengrabens vor und entdeckte meine Uhr in einem Täschchen vorn unter dem Gurt. Es war ein Erstkommunionsgeschenk. Als er sie abhakte, war ich über diese geplante Mitnahme so kindlich naiv erstaunt, dass ich ausrief: »Mesjöh, Mesjöh!«

Mehr als meine Worte müssen meine Augen gewirkt haben. Er rief: »Non, non!« und steckte die Uhr mit Kette zwischen Hemd und Unterhose, damit der nächste Kamerad sie nicht entdecken sollte. Die Uhr besitze ich heute noch.

Die nächste griff stereotyp ebenso in das Täschchen; er zog meinen Rosenkranz heraus und gab ihn mir wieder.

Dann hat mir irgendwo einer ein Stück Brot mit einem Stückchen Käse gegeben. Das war wirklich humanité, die ich sonst nicht immer erlebt habe. Wir arbeiteten vom Lager aus in den Wäldern. Damals versuchte ich, langsam und bedächtig mein Französisch zu sprechen, aber die französischen Soldaten sprachen so schnell oder ihr Platt, das Patois, dass ich trotz 7 Jahre Schulfranzösisch wenig verstand.
Auf das Weihnachtsfest rüsteten wir uns; aber auch die Lagerleitung. Wir wurden rasiert und bekamen die Haare geschnitten. Was wir unter dem ungewaschenen Hemd verbargen, danach wurden wir nicht gefragt. Jeder hatte doch krabbelnde Untermieter. Einer hat in sein kleines Kochgeschirr das verlauste Hemd hineingezwängt und es darin ausgekocht. Dann wurde es wieder Kochgeschirr. Wasser war rar, nur nicht in der Wasser- oder Reissuppe.
Das Kostbarste war, dass wir jeden Tag ein halbes grauweißes Brot bekamen, ich schätze es auf 600 Gramm. Es musste ein rundes Brot unter zwei Kameraden geteilt werden. Der eine teilte, der andere durfte sich ein Teil auswählen. Ein Kamerad fiel mir auf, er sagte zu mir: »Gib mir nur ein Stück, du wirst schon richtig geteilt haben.« Er wurde später mein Freund und ist heute evangelischer Pfarrer. Aber wir wurden nicht satt. Wir hatten ja von drei

Kriegsjahren nachzuholen. An der Front hatten wir das meuternde Wort gehört: »Für ein Pfund Brot sollen wir stürmen?«

1917 war das große Hungerjahr mit Steckrüben; alles war aus Steckrüben gemacht, sogar die Marmelade.

Wir planten, das Weihnachtsfest so schön wie möglich zu feiern. An Gottesdienst war natürlich nicht zu denken.

Wir brachten aus den Wäldern Fichten mit, die wir an allen Bettpfosten befestigten. Sie wurden mit Kienspänen geschmückt. Zwischen vier großen Liegestellen waren zwei Bänke mit einem Tischchen, aber das langte nur für wenige. Meistens aßen wir auf dem ›Bettrand‹ sitzend. Für den Heiligen Abend wurde auf dem Tischchen ein Weihnachtsbäumchen für die ganze Baracke aufgestellt. Während überall die feuergefährlichen Kienspäne brannten, verlas ein Kamerad, der irgendwo Prediger einer Sektengemeinde war, das Weihnachtsevangelium und hielt uns eine Ansprache. Dann sangen wir Weihnachtslieder, so viele wir konnten. Dann wurde es ›gemütlich‹. Nicht nur, weil es warm geworden war, sondern weil nun die Kameraden ins ›Gemütliche‹ übergingen und ihre Witze erzählten, sie wurden gemein und gemeiner.

Und doch war Christus der Herr durch Sein Wort unter uns gewesen in diesem Barackenstall zu Alibaudieres. Alles, was ich zu Hause im Elternhaus, in der Schule und in der Kirche gehört und gesehen hatte, versank vor diesem Erlebnis. So war die Wirklichkeit unter den dem Tode Entronnenen. In der sogenannten »Stillen, heiligen Nacht« heckte ich mit meinem Nachbarn einen gefährlichen Plan aus. Wir wollten uns unsere ausgefallene Weihnachtsbescherung selbst »organisieren«.
Am anderen Morgen meldeten wir uns zum Proviantfassen im Lagermagazin. Ich sehe den kleinen französischen Sergeanten noch vor mir, wie er uns die Kartoffelsäcke zuteilte, den Reis und die runden Brote in die aufgehaltene Zeltplane warf. Als er sich umdrehte, rissen wir flink ein Brot vom Stapel und warfen es dazu in die Zeltplane. Dann aber nahmen wir es heraus, und ich steckte es unter meinen grünen Mantel, schnappte mir einen Kartoffelsack und stemmte ihn vor den Bauch. Der Sergeant schimpfte, wie ungeschickt ich den Sack trüge, ich aber verstand jetzt kein Französisch. Wenn ich erwischt worden wäre, dann hätte es dreißig Tage Arrest gegeben mit nur einer Decke in einer kalten Zelle und wer weiß was sonst noch für »Annehmlichkeiten«.

Aber mein Weihnachtsgeschenk war, dass ich nicht erwischt wurde. Ich kam glücklich mit Herzklopfen in unsere Baracke. Da teilten wir beiden »Diebe« uns das geklaute Brot. Ich kann gar nicht sagen, wie gut mir das zusätzliche halbe Brot geschmeckt hat. So süß schmeckte später kein Stollen, kein Spekulatius!

Ich weiß, andere haben viel schlimmere Weihnachten erlebt, an der Front, in Gefangenschaft oder in Gefängnissen, manche vor ihrer Hinrichtung.

Ich weiß nicht, ob der Herrgott mir das zusätzlich geklaute halbe Brot als Erfüllung meiner vordem so oft gebeteten Bitte: »Unser tägliches Brot gib uns heute« im Lage Alibaudieres zu Weihnachten 1917 geschenkt hat.

Heute nach fünfzig Jahren danke ich ihm noch dafür, dass ich nicht erwischt wurde.

In der Christnacht

Peter Rosegger

In unserer Stube, an der mit grauem Lehm übertünchten Ofenmauer, stand jahraus, jahrein ein Schemel aus Eichenholz. Er war immer glatt und rein gescheuert, denn er wurde, wie die anderen Stubengeräte, jeden Samstag mit feinem Bachsand und einem Strohwisch abgerieben. In der Zeit des Frühlings, des Sommers und des Herbstes stand dieser Schemel leer und einsam in seinem Winkel, nur an jedem Tag zur Abendzeit zog ihn die Ahne etwas weiter hervor, kniete auf denselben hin und verrichtete ihr Abendgebet. Auch an den Samstagen, wenn der Vater am Tisch die Feierabendandacht vorbetete, kniete die Ahne auf dem Schemel. Als aber der Spätherbst kam mit den langen Abenden, an welchen die Knechte in der Stube aus Kienscheiten Leuchtspäne schnitzten und die Mägde sowie auch meine Mutter und die Ahne Wolle und Flachs spannen, und als die Adventzeit kam, in welcher an solchen Span- und Spinnabenden alte Märchen erzählt und geistliche Lieder gesungen wurden, da saß ich beständig auf dem Schemel am Ofen.

Ich hörte von da aus den Geschichten und Gesängen zu, und wenn solche schauerlich wurden und sich meine kleine Seele aufzuregen und zu fürchten begann, rückte ich den Schemel näher zu der Mutter und begann mich ängstlich an ihr Kleid zu halten, und ich konnte gar nicht mehr begreifen, wie die anderen über mich oder über ihre schrecklichen Geschichten noch zu lachen vermochten. Zuletzt, als es zum Schlafengehen kam und mir die Mutter mein Ladbettchen hervorzog, wollte ich schon gar nicht mehr allein in das Bett gehen, und es musste die Ahne neben mir liegen, bis die fürchterlichen Bilder in mir vergingen und ich endlich einschlief.

Aber die langen Adventnächte waren bei uns immer sehr kurz. Bald nach zwei Uhr begann es im Hause unruhig zu werden. Oben auf dem Dachboden hörte man die Knechte, wie sie sich ankleideten und umhergingen, und in der Küche brachen die Mägde Späne ab und schürten am Herde. Dann gingen sie alle auf die Tenne zum Dreschen.

Auch die Mutter war aufgestanden und hatte in der Stube Licht gemacht; bald darauf erhob sich der

Vater, und sie zogen Kleider an, die nicht ganz für den Werktag und auch nicht ganz für den Feiertag waren. Dann sprach die Mutter zur Ahne, die im Bett lag, einige Worte, und wenn ich, erweckt durch die Unruhe, auch irgendeine Bemerkung tat, so gab sie mir bloß zur Antwort: »Sei du nur schön still und schlaf!« - Dann zündeten meine Eltern eine Laterne an, löschten das Licht in der Stube aus und gingen aus dem Hause. Ich hörte noch die äußere Tür gehen, und ich sah an den Fenstern den Lichtschimmer vorüberflimmern, und ich hörte das Ächzen der Tritte im Schnee, und ich hörte noch das Rasseln des Kettenhundes. - Dann wurde es wieder ruhig, nur das dumpfe, gleichmäßige Pochen der Drescher war zu vernehmen, dann schlief ich wieder ein.

Der Vater und die Mutter gingen in die fast drei Stunden entfernte Pfarrkirche zur Rorate. Ich träumte ihnen nach, ich hörte die Kirchenglocken, ich hörte den Ton der Orgel und das Adventlied: Maria sei gegrüßt, du Lichter Morgenstern! Und ich sah die Lichter am Hochaltar, und die Engelein, die über demselben standen, breiteten ihre goldenen Flügel aus und flogen in der Kirche umher, und einer, der mit der Posaune über dem Predigtstuhl stand, zog hinaus in die Heiden und in die Wälder

und blies es durch die ganze Welt, dass die Ankunft des Heilands nahe sei.
Als ich erwachte, strahlte die Sonne schon lange zu den Fenstern herein, und draußen glitzerte und flimmerte der Schnee, und die Mutter ging wieder in der Stube umher und war in Werktagskleidern und tat häusliche Arbeiten. Das Bett der Ahne neben dem meinigen war auch schon geschichtet, und die Ahne kam nun von der Küche herein und half mir die Höschen anziehen und wusch mein Gesicht mit kaltem Wasser, dass ich aus Empfindsamkeit zugleich weinte und lachte. Als dieses geschehen war, kniete ich auf meinen Schemel hin und betete mit der Ahne den Morgensegen:

In Gottes Namen aufstehen,
gegen Gott gehen,
gegen Gott treten,
zum himmlischen Vater beten,
dass er uns verleih
lieb Englein drei:
der erste, der uns weist,
der zweite, der uns speist,
der dritt, der uns behüt und bewahrt,
dass uns an Leib und Seel nichts widerfahrt.

Nach dieser Andacht erhielt ich meine Morgensuppe, und nach derselben kam die Ahne mit einem Kübel Rüben, die wir nun zusammen zu schälen hatten. Ich saß dabei auf meinem Schemel. Aber bei dem Schälen der Rüben konnte ich die Ahne nie vollkommen befriedigen; ich schnitt stets eine zu dicke Schale, ließ sie aber stellenweise doch wieder ganz auf der Rübe. Wenn ich mich gar in die Finger schnitt und sofort zu weinen begann, so sagte die Ahne immer sehr unwirsch: »Mit dir ist's wohl ein rechtes Kreuz, man soll dich frei hinauswerfen in den Schnee!« Dabei verband sie mir die Wunde mit unsäglicher Sorgfalt und Liebe.

So vergingen die Tage des Advents, und ich und die Ahne sprachen immer häufiger vom Weihnachtsfest und vom Christkind, das nun bald kommen werde zu den Menschen.

Je mehr wir dem Feste nahten, umso unruhiger wurde es im Haus. Die Knechte trieben das Vieh aus dem Stall und gaben frische Streu hinein und stellten die Barren und Krippen zurecht; der Halterbub striegelte die Ochsen, dass sie ein glattes Aussehen bekamen; der Futterbub mischte mehr Heu in das Stroh als gewöhnlich und bereitete davon einen ganzen Stoß in der Futterkammer. Die Kuhmagd tat das gleiche. Das Dreschen hatte schon einige Tage früher aufgehört, weil man durch den Lärm die nahen Feiertage zu entheiligen geglaubt hätte.

Im ganzen Haus wurde gewaschen und gescheuert, selbst in die Stube kamen die Mägde mit ihren Wasserkübeln und Strohwischen und Besen hinein. Ich freute mich immer sehr auf dieses Waschen, weil ich es gern hatte, wie alles drunter und drüber gekehrt wurde, und weil die Glasbilder im Tischwinkel, die braune Schwarzwälderuhr mit ihrer Metallschelle und andere Dinge, die ich sonst immer nur von der Höhe zu sehen bekam, herabgenommen und mir näher gebracht wurden, so dass ich alles viel genauer und von verschiedenen Seiten betrachten konnte. Freilich war mir nicht erlaubt, dergleichen Dinge anzurühren, weil ich noch zu ungeschickt und unbesonnen dafür wäre und die Gegenstände leicht beschädigen könne. Aber es gab doch Augenblicke, in welchen man im eifrigen Waschen und Scheuern nicht auf mich achtete.

In einem solchen Augenblick kletterte ich einmal über den Schemel auf die Bank und von der Bank auf den Tisch, der aus seiner gewöhnlichen Stellung gerückt war und auf dem die Schwarzwälderuhr lag. Ich machte mich an die Uhr, von der die Gewichte über den Tisch hingen, sah durch ein offenes Seitentürchen in das messingene, sehr bestaubte Räderwerk hinein, tupfte einige Mal an die kleinen Blätter des Windrädchens und legte die Finger endlich selbst an das Rädchen, ob es denn nicht gehe; aber es ging nicht. Zuletzt rückte ich auch ein wenig an einem Holzstäbchen, und als ich das tat, begann es im Werk fürchterlich zu rasseln. Einige Räder gingen langsam, andere schneller, und das Windrädchen flog, dass man es kaum sehen konnte. Ich war unbeschreiblich erschrocken, ich kollerte vom Tisch über Bank und Schemel auf den nassen, schmutzigen Boden hinab; da fasste mich schon die Mutter am Röcklein, und die »birkene Liesel« war da. Das Rasseln in der Uhr wollte gar nicht aufhören, und zuletzt nahm mich die Mutter mit beiden Händen und trug mich in das Vorhaus und schob mich durch die Tür hinaus in den Schnee und schlug die Tür hinter mir zu. Ich stand wie vernichtet da, ich hörte von innen noch das Greinen der Mutter, die ich sehr beleidigt haben musste, und ich hörte das Scheuern und Lachen der Mägde, und ich hörte noch immer das Rasseln der Uhr.

Als ich eine Weile dagestanden und geschluchzt hatte und als gar niemand kam, der mich wieder in das Haus gerufen hätte, ging ich fort nach dem Pfade, der in den Schnee getreten war, und ich ging

über den Hausanger und über das Feld dem Walde zu. Ich wusste nicht, wohin ich wollte, ich bildete mir nur ein, dass mir ein großes Unrecht geschehen sei und dass ich nun nicht mehr in das Haus zurückkehren könne.
Aber ich war noch nicht zum Wald gekommen, als ich hinter mir ein grelles Pfeifen hörte. Das war das Pfeifen der Ahne, wie sie es machte, wenn sie zwei Finger in den Mund nahm, die Zunge spitzte und blies: »Wo willst du denn hin, du dummes Kind«, rief sie, »wart, wenn du so im Wald herumlaufen willst, so wird dich schon die Mooswaberl abfangen, wart nur!«
Auf dieses Wort kehrte ich augenblicklich um, denn die Mooswaberl fürchtete ich unsäglich.
Ich ging aber immer noch nicht in das Haus, ich blieb im Hof stehen, wo der Vater und zwei Knechte gerade ein Schwein aus dem Stall zogen, um es abzustechen. Über das ohrenzerreißende Schreien des Tieres und über das Blut, das ich nun sah und das eine Magd in einem Topf auffing, vergaß ich das Vorgefallene, und als der Vater im Vorhaus das Schwein abhäutete, stand ich schon wieder dabei und hielt die Hautzipfel, die er mit einem großen Messer von dem speckigen Fleisch immer mehr und mehr lostrennte. Als später die Eingeweide heraus-

genommen waren und die Mutter Wasser in das Becken goss, sagte sie zu mir: »Geh weg da, sonst wirst du ganz angespritzt!«
Aus diesen Worten entnahm ich, dass die Mutter mit mir wieder versöhnt sei, und nun war alles gut, und als ich wieder in die Stube kam, um mich ein wenig zu erwärmen, stand da alles an seinem gewöhnlichen Platz. Boden und Wände waren noch feucht, aber reingescheuert, und die Schwarzwälderuhr hing wieder an der Wand und tickte. Und sie tickte viel lauter und heller durch die neu hergestellte Stube als früher.
Endlich nahm das Waschen und Scheuern und Glätten ein Ende, im Haus wurde es ruhiger, fast still, und der Heilige Abend war da. Das Mittagsmahl am Heiligen Abend wurde nicht in der Stube eingenommen, sondern in der Küche, wo man das Nudelbrett als Tisch und sich um dasselbe herumsetzte und das einfache Fastengericht still, aber mit gehobener Stimmung verzehrte.
Der Tisch in der Stube war mit einem schneeweißen Tuch bedeckt, und vor dem Tisch stand mein Schemel, auf welchen sich zum Abend, als die Dämmerung einbrach, die Ahne hinkniete und still betete. Mägde gingen leise durch das Haus und bereiteten ihre Festtagskleider vor, und die Mutter tat in einen

großen Topf Fleischstücke, goss Wasser dazu und stellte sie zum Herdfeuer. Ich schlich in der Stube auf den Zehenspitzen herum und hörte nichts als das lustige Prasseln des Feuers in der Küche. Ich blickte auf meine Sonntagshöschen und auf das Jöpperl und auf das schwarze Filzhütlein, das schon an einem Nagel an der Wand hing, und dann blickte ich durch das Fenster in die hereinbrechende Dunkelheit hinaus. Wenn kein ungestümes Wetter eintrat, so durfte ich in der Nacht mit dem Großknecht in die Kirche gehen. Und das Wetter war ruhig, und es würde auch, wie der Vater sagte, nicht allzu kalt werden, weil auf den Bergen Nebel lag.

Unmittelbar vor dem »Rauchengehen«, in welchem Haus und Hof nach alter Sitte mit Weihwasser und Weihrauch besegnet wird, hatten der Vater und die Mutter einen kleinen Streit. Die Mooswaberl war dagewesen, hatte glückselige Feiertage gewünscht, und die Mutter hatte ihr für den Festtag ein Stück Fleisch geschenkt. Darüber war der Vater etwas ungehalten; er war sonst ein Freund der Armen und gab ihnen nicht selten mehr, als unsere Verhältnisse erlauben wollten, aber der Mooswaberl sollte man seiner Meinung nach kein Almosen reichen. Die Mooswaberl war ein Weib, welches gar nicht in

die Gegend gehörte, welches unbefugt in den Wäldern umherstrich, Moos und Wurzeln sammelte, in halbverfallenen Köhlerhütten Feuer machte und schlief. Daneben zog sie bettelnd zu den Bauernhöfen, wollte Moos verkaufen, und da sie keine Geschäfte machte, weinte sie und verfluchte das Leben. Kinder, die sie ansah, fürchteten sich entsetzlich vor ihr, und viele wurden gar krank; Kühen tat sie an, dass sie rote Milch gaben.
Wer ihr eine Wohltat erwies, den verfolgte sie einige Minuten und sagte ihm: »Tausend und tausend Vergeltsgott bis in den Himmel hinauf.«
Wer sie aber verspottete oder sonst auf irgendeine Art beleidigte, zu dem sagte sie: »Ich bete dich hinab in die unterste Hölle!«
Die Mooswaberl kam oft zu unserem Haus und saß gern vor demselben auf dem grünen Rasen oder auf dem Querbrett des Zaunstiegels (Überstieg über den Zaun), trotz des heftigen Bellens und Rasselns unseres Kettenhundes, der sich gegen dieses Weib besonders unbändig zeigte. Aber die Mooswaberl saß so lange vor dem Haus, bis die Mutter ihr eine Schale Milch oder ein Stück Brot oder beides hinaustrug. Meine Mutter hatte es gern, wenn das Weib sie durch ein tausendfaches Vergeltsgott bis in den Himmel hinaufwünschte. Der Vater legte

dem Wunsche dieser Person keinen Wert bei, ob es ein Segensspruch war oder ein Fluch.
Als man draußen im Dorf vor Jahren das Schulhaus gebaut hatte, war dieses Weib mit ihrem Mann in die Gegend gekommen und hatte dabei geholfen, bis einst der Mann bei einer Steinsprengung getötet wurde. Seit dieser Zeit arbeitete sie nicht mehr, und sie zog auch nicht fort, sondern trieb sich umher, ohne dass man wusste, was sie tat und was sie wollte. Zum Arbeiten war sie nicht mehr zu bringen; sie schien geisteskrank zu sein.
Der Richter hatte die Mooswaberl schon mehrmals aus der Gemeinde gewiesen, aber sie war immer wieder zurückgekommen. »Sie würde nicht immer zurückgekommen sein«, sagte mein Vater, »wenn sie in dieser Gegend nichts gebettelt bekäme. So wird sie hier verbleiben, und wenn sie alt und krank ist, müssen wir sie auch hegen und pflegen; das ist ein Kreuz, welches wir uns selbst an den Hals gebunden haben.«
Die Mutter sagte nichts zu solchen Worten, sondern sie gab der Mooswaberl, wenn sie kam, immer das gewohnte Almosen, und heute etwas mehr, zu Ehren des hohen Festes.
Darum also war der kleine Streit zwischen Vater und Mutter, der aber alsogleich verstummte, als zwei

Knechte mit dem Rauch- und Weihwassergefäß in das Haus kamen.
Nach dem Rauchen stellte der Vater ein Kerzenlicht auf den Tisch, Späne durften heute nur in der Küche gebrannt werden. Das Nachtmahl wurde schon wieder in der Stube eingenommen. Der Großknecht erzählte während desselben wundersame Geschichten.
Nach dem Abendmahl sang die Mutter ein Hirtenlied. So wonnevoll ich sonst diesen Liedern lauschte, heute dachte ich immer nur an den Kirchgang, und ich wollte durchaus schon das Sonntagskleidchen anziehen. Man sagte, es sei noch später Zeit dazu, aber endlich gab die Ahne meinem Drängen doch nach und zog mich an. Der Stallknecht kleidete sich sehr sorgsam in seinen Festtagsstaat, weil er nach dem Mitternachtsgottesdienst nicht nach Hause gehen, sondern im Dorf den Morgen abwarten wollte. Gegen neun Uhr waren auch die anderen Knechte und Mägde bereit und zündeten am Kerzenlicht eine Spanlunte an. Ich hielt mich an den Großknecht, und meine Eltern und meine Großmutter, welche daheim blieben, um das Haus zu hüten, besprengten mich mit Weihwasser und sagten, dass ich nicht fallen und nicht erfrieren möge.
Dann gingen wir.

Es war sehr finster, und die Lunte, welche der Stallknecht vorantrug, warf ihr rotes Licht in einer großen Scheibe auf den Schnee und auf den Zaun und auf die Steinhaufen und Bäume, an denen wir vorüberkamen. Mir kam dieses rote Leuchten, das zudem noch durch die großen Schatten unserer Körper unterbrochen war, grauenhaft vor, und ich hielt mich sehr ängstlich an den Großknecht, so dass dieser einmal sagte: »Aber hörst, meine Joppe musst du mir lassen, was tät ich denn, wenn du mir sie abrissest?«

Der Pfad war eine Zeitlang sehr schmal, so dass wir hintereinander gehen mussten, wobei ich nur froh war, dass ich nicht der letzte war, denn ich bildete mir ein, dass dieser unendlichen Gefahren wegen der Gespenster ausgesetzt sein müsse.

Eine schneidende Luft ging, und die glimmenden Splitter der Lunte flogen weithin, und selbst als sie auf die harte Schneekruste fielen, glommen sie noch eine Weile fort.

Wir waren bisher über die Blößen und durch Gesträuch und Wälder abwärts gegangen, jetzt kamen wir zu einem Bach, den ich sehr gut kannte, er floß durch die Wiese, auf welcher wir im Sommer das Heu machten. Im Sommer rauschte dieser Bach sehr, aber heute hörte man ihn nur murmeln und

gurgeln, weil er überfroren war. Auch an einer Mühle kamen wir vorüber, an welcher ich gar heftig erschrak, weil einige Funken auf das Dach flogen; aber auf dem Dach lag Schnee, und die Funken erloschen. Als wir eine Weile durch das Tal gegangen waren, verließen wir den Bach, und der Weg führte aufwärts durch einen finsteren Wald, in welchem der Schnee sehr seicht lag und keine so feste Kruste hatte wie auf den Blößen.
Endlich kamen wir zu einer breiten Straße, wo wir nebeneinander gehen konnten und wo wir dann und wann ein Schlittengeschelle hörten. Dem Stallknecht war die Lunte bereits bis zu der Hand herabgebrannt, und er zündete nun eine neue an, die er vorrätig hatte. Auf der Straße sah man nun auch mehrere andere Lichter, große rote Fackeln, die heranloderten, als schwämmen sie in der schwarzen Luft, und hinter denen nach und nach ein Gesicht und mehrere Gesichter auftauchten, von Kirchengehern, die sich nun auch zu uns gesellten. Und wir sahen Lichter von anderen Bergen und Höhen, die noch so weit entfernt waren, dass wir nicht erkennen konnten, ob sie standen oder sich bewegten.
So gingen wir weiter. Der Schnee knirschte unter unseren Füßen, und wo ihn der Wind weggetragen hatte, da war der schwarze Fleck des nackten Bo-

dens so hart, dass unsere Schuhe an ihm klangen. Die Leute sprachen und lachten viel, aber mir war, als sei das in der heiligen Christnacht gar nicht recht; ich dachte nur immer schon an die Kirche und wie das doch sein werde, wenn mitten in der Nacht Musik und ein Hochamt ist.
Als wir eine lange Weile auf der Straße fortgegangen und an einzelnen Bäumen und an Häusern vorüber und dann wieder über Felder und durch einen Wald gekommen waren, hörte ich auf den Baumwipfeln plötzlich ein leises Klingen. Als ich horchen wollte, hörte ich es nicht, aber bald darauf hörte ich es wieder und deutlicher als das erste Mal. Es war der Ton des kleinen Glöckleins vom Turm der Kirche. Die Lichter, die wir nun auf den Bergen und im Tal sahen, wurden immer häufiger, und nun merkten wir es auch, dass sie alle der Kirche zueilten. Auch die kleinen, ruhigen Sterne der Laternen schwebten heran, und auf der Straße wurde es immer lebhafter. Das kleine Glöcklein wurde durch ein größeres abgelöst, und das läutete so lange, bis wir fast nahe zur Kirche kamen. - Also war es doch wahr, wie die Ahne gesagt hatte: Um Mitternacht fangen die Glocken zu läuten an und läuten so lange, bis aus den fernen Tälern der letzte Bewohner der Hütten zur Kirche kommt.

Die Kirche steht auf einem mit Birken und Tannen bewachsenen Hügel, und um sie liegt der kleine Friedhof, welcher mit einer niederen Mauer umgeben ist. Die wenigen Häuser stehen im Tal.
Als die Leute an die Kirche gekommen waren, steckten sie ihre Lunten umgekehrt in den Schnee, dass sie erloschen, nur eine wurde zwischen zwei Steine der Friedhofsmauer geklemmt und brennen gelassen.
Jetzt klang auf dem Turm in langsamem, gleichmäßigem Wiegen schon die große Glocke. Aus den schmalen, hohen Kirchenfenstern fiel heller Schein.
Ich wollte in die Kirche, aber der Großknecht sagte, es habe noch Zeit, und blieb stehen und sprach und lachte mit anderen Burschen und stopfte sich eine Pfeife an.
Endlich klangen alle Glocken zusammen, in der Kirche begann die Orgel zu tönen, und nun gingen wir hinein.
Das sah ganz anders aus als an den Sonntagen. Die Lichter, die auf dem Altar brannten, waren hellweiße, funkelnde Sterne, und der vergoldete Tabernakel strahlte gar herrlich zurück. Die Ampel des Ewigen Lichtes war rot. Der obere Raum der Kirche war so dunkel, dass man die schönen Verzierungen des Schiffes nicht sehen konnte. Die dunklen Gestalten

der Menschen saßen in den Stühlen oder standen neben denselben; die Weiber waren sehr in Tücher eingeschlagen und husteten. Viele hatten Kerzen vor sich brennen und sangen aus ihren Büchern mit, als auf dem Chor das Tedeum ertönte. Der Großknecht führte mich durch die zwei Reihen der Stühle gegen einen Nebenaltar, wo schon mehrere Leute standen. Dort hob er mich auf einen Schemel zu einem Glaskasten empor, der, von zwei Kerzen beleuchtet, zwischen zwei aufgesteckten Tannenwipfeln stand und den ich früher, wenn ich mit den Eltern in die Kirche kam, nie gesehen hatte. Als mich der Großknecht auf den Schemel gehoben hatte, sagte er mir leise ins Ohr: »So, jetzt kannst das Krippel anschauen.« Dann ließ er mich stehen, und ich schaute durch das Glas. Da kam ein Weiblein zu mir herbei und sagte leise: »Ja, Kind, wenn du das anschauen willst, so muss dir's auch jemand auslegen.« Und sie erklärte mir die kleinen Gestalten.

Ich sah die Dinge an. Außer der Mutter Maria, welche über den Kopf ein blaues Tuch geschlagen hatte, das bis zu den Füßen hinabging, waren alle Gestalten, welche Menschen vorstellen sollten, so gekleidet wie unsere Knechte oder wie ältere Bauern. Der heilige Joseph selbst trug grüne Strümpfe und eine kurze Gamslederhose.

Als das Tedeum zu Ende war, kam der Großknecht wieder, hob mich von dem Schemel, und wir setzten uns in einen Stuhl. Dann ging der Kirchenmann herum und zündete alle Kerzen an, die in der Kirche waren, und jeder Mensch, auch der Großknecht, zog nun ein Kerzlein aus dem Sack und zündete es an und klebte es vor sich auf das Pult. Jetzt war es so hell in der Kirche, dass man auch die vielen schönen Verzierungen an der Decke genau sehen konnte.
Auf dem Chor stimmte man Geigen und Trompeten und Pauken, und als an der Sakristeitür das Glöcklein klang und der Pfarrer in funkelndem Messkleid, begleitet von Ministranten und rotbemäntelten Windlichtträgern, über den purpurroten Fußteppich zum Altare ging, da rauschte die Orgel in ihrem ganzen Vollklang, da wirbelten die Pauken und schmetterten die Trompeten.
Weihrauch stieg auf und hüllte den ganzen lichterstrahlenden Hochaltar in einen Schleier. – So begann das Hochamt, und so strahlte und tönte und klang es um Mitternacht. Beim Offertorium waren alle Instrumente still, nur zwei helle Stimmen sangen ein liebliches Hirtenlied, und während des Benediktus jodelten eine Klarinette und zwei Flügelhörner langsam und leise den Wiegengesang.

Während des Evangeliums und der Wandlung hörte man auf dem Chor den Kuckuck und die Nachtigall wie mitten im sonnigen Frühling.
Tief nahm ich sie auf in meine Seele, die wunderbare Herrlichkeit der Christnacht, aber ich jauchzte nicht auf vor Entzücken, ich blieb ernst, ruhig, ich fühlte die Weihe.
Aber während die Musik tönte, dachte ich an Vater und Mutter und Großmutter daheim. Die knien jetzt um den Tisch bei dem einzigen Kerzenlichtlein und beten, oder sie schlafen gar, und es ist finster in der Stube, und nur die Uhr geht, sonst ist es still, und es liegt eine tiefe Ruhe über den waldigen Bergen, und die Christnacht ist ausgebreitet über die ganze Welt.
Als endlich das Amt seinem Ende nahte, erloschen nach und nach die Kerzlein in den Stühlen, und der Kirchenmann ging wieder herum und dämpfte mit seinem Blechkäppchen an den Wänden und Bildern und Altären die Lichter aus. Die am Hochaltar brannten noch, als auf dem Chor der letzte freudenreiche Festmarsch erscholl und sich die Leute aus der weihrauchduftenden Kirche drängten.
Als wir in das Freie kamen, war es trotz des dichten Nebels, der sich von den Bergen niedergesenkt hatte, nicht mehr ganz so finster wie vor Mitter-

nacht. Es musste der Mond aufgegangen sein; man zündete keine Fackeln mehr an. Es schlug ein Uhr, aber der Schulmeister läutete schon die Betglocke zum Christmorgen.
Ich warf noch einen Blick auf die Kirchenfenster; aller Festglanz war erloschen, ich sah nur mehr den matten, rötlichen Schimmer des Ewigen Lichtes.
Als ich mich dann wieder an den Rock des Großknechtes halten wollte, war der Knecht nicht mehr da, einige fremde Leute waren um mich, die miteinander sprachen und sich sofort auf den Heimweg machten. Mein Begleiter musste schon voraus sein; ich eilte ihm nach, lief schnell und an mehreren Leuten vorüber, auf dass ich ihn bald einhole. Ich lief, so sehr es meine kleinen Füße konnten, ich kam durch den finsteren Wald, und ich kam über Felder, über welche scharfer Wind blies, so dass ich, wie warm mir sonst war, von Nase und Ohren fast nichts mehr fühlte. Ich kam an Häusern und Baumgruppen vorüber, die Leute, die früher noch auf der Straße gegangen waren, verloren sich nach und nach, und ich war allein, und den Großknecht hatte ich noch immer nicht erreicht. Ich dachte, dass er auch hinter mir sein könne, doch ich beschloß, geradewegs nach Hause zu eilen. Auf der Straße lagen hie und da schwarze Punkte: die Kohlen der Span-

fackeln, welche die Leute auf dem Kirchweg abgeschüttelt hatten. Die Gesträuche und Bäumchen, die neben dem Weg standen und unheimlich aus dem Nebel emportauchten, beschloß ich gar nicht anzusehen, ich fürchtete mich davor. Besonders in Angst war ich, sooft ein Pfad quer über die Straße ging, weil das ein Kreuzweg war, an dem in der Christnacht gern der Böse steht und klingende Schätze bei sich hat, um arme Menschenkinder dadurch mit sich zu locken. Der Stallknecht hatte zwar gesagt, er glaube nicht daran, aber geben musste es denn doch dergleichen Dinge, sonst könnten die Leute nicht so viel davon sprechen. – Ich war aufgeregt, ich wendete meine Augen nach allen Seiten, ob nicht irgendwo ein Gespenst auf mich zukomme. Endlich nahm ich mir vor, gar nicht mehr an solches Zeug zu denken, aber je fester ich das beschloß, desto mehr dachte ich daran.

Nun war ich zum Pfad gekommen, der mich von der Straße abwärts durch den Wald und in das Tal führen sollte. Ich bog ab und eilte unter den langästigen Bäumen dahin. Die Wipfel rauschten stark, und dann und wann fiel ein Schneeklumpen neben mir nieder. Stellenweise war es auch so finster, dass ich kaum die Stämme sah, wenn ich nicht an dieselben stieß, und dass ich den Pfad verlor. Letzteres war mir ziemlich gleichgültig, denn der Schnee war sehr seicht, auch war anfangs der Boden hübsch glatt; aber allmählich begann er steil und steiler zu werden, und unter dem Schnee war viel Gestrüpp und hohes Heidekraut. Die Baumstämme standen nicht mehr so regelmäßig, sondern zerstreut, manche schief hängend, manche mit aufgerissenen Wurzeln an anderen lehnend, manche mit wild und wirr aufragenden Ästen am Boden liegend. Das hatte ich nicht gesehen, als wir aufwärts gingen. Ich konnte oft kaum weiter, ich musste mich durch das Gesträuch und Geäst durchwinden. Oft brach der Schnee ein, das steife Heidekraut reichte mir bis zur Brust heran. Ich sah ein, dass ich den rechten Weg verloren hatte, aber war ich nur erst im Tal und beim Bach, dann ging ich diesen entlang aufwärts, und da musste ich endlich doch zur Mühle und zu unserer Wiese kommen.

Schneeschollen fielen mir in das Rocksäcklein, Schnee legte sich an die Höschen und Strümpfe, und das Wasser rann mir in die Schuhe hinab. Zuerst war ich durch das Klettern über das Gefälle und das Kriechen im Gesträuch müde geworden, aber nun war auch die Müdigkeit verschwunden; ich achtete nicht den Schnee, und ich achtete nicht das Heidekraut und Gesträuch, das mir oft rauh über das Gesicht fuhr, sondern ich eilte weiter. Oft fiel ich zu Boden, aber ich raffte mich schnell auf. Auch alle Gespensterfurcht war weg; ich dachte an nichts als an das Tal und an unser Haus. Ich wusste nicht, wie lange ich mich so durch die Wildnis fortwand, aber ich fühlte mich kräftig und behendig, die Angst trieb mich vorwärts.

Plötzlich stand ich vor einem Abgrund. In dem Abgrund lag grauer Nebel, aus welchem einzelne Baumwipfel emportauchten. Um mich hatte sich der Wald gelichtet, über mir war es heiter, und am Himmel stand der Halbmond. Mir gegenüber und weiter im Hintergrund waren nichts als seltsame, kegelförmige Berge.

Unten in der Tiefe musste das Tal mit der Mühle sein; mir war, als hörte ich das Tosen des Baches, aber es war das Rauschen des Windes in den jenseitigen Wäldern. Ich ging rechts und links und suchte einen Fußsteig, der mich abwärts führte, und ich fand eine Stelle, an welcher ich mich durch Geröll, welches vom Schnee befreit dalag, und durch Wacholdergesträuche hinablassen zu können vermeinte. Das gelang mir auch eine Strecke, doch noch zur rechten Zeit hielt ich mich an eine Wurzel, fast wäre ich über eine senkrechte Wand gestürzt. Nun konnte ich nicht mehr vorwärts. Ich ließ mich aus Mattigkeit zu Boden. In der Tiefe lag der Nebel mit den schwarzen Baumwipfeln. Außer dem Rauschen des Windes in den Wäldern hörte ich nichts. Ich wusste nicht, wo ich war. – Wenn jetzt ein Reh käme, ich würde es fragen nach dem Weg, vielleicht könnte es ihn mir weisen, in der Christnacht reden ja Tiere menschliche Sprache!

Ich erhob mich, um wieder aufwärts zu klettern; ich machte das Geröll locker und kam nicht vorwärts. Mich schmerzten Hände und Füße. Nun stand ich still und rief, so laut ich konnte, nach dem Großknecht. Meine Stimme fiel von den Wäldern und Wänden lang gezogen und undeutlich zurück. Dann hörte ich wieder nichts als das Rauschen des Windes.

Der Frost schnitt mir in die Glieder.

Nochmals rief ich mit aller Macht den Namen des Großknechtes. Wieder nichts als der lang gezogene Widerhall. Nun überkam mich eine fürchterliche Angst. Ich rief schnell hintereinander meine Eltern, meine Ahne, alle Knechte und Mägde unseres Hauses. Es war vergebens.

Nun begann ich kläglich zu weinen.

Bebend stand ich da, und mein Körper warf einen langen Schatten schräg abwärts über das nackte Gestein. Ich ging an der Wand hin und her, um mich

etwas zu erwärmen, ich betete laut zum heiligen Christkind, dass es mich erlöse.
Der Mond stand hoch am dunklen Himmel.
Ich konnte nicht mehr weinen und beten, ich konnte mich auch kaum mehr bewegen, ich kauerte mich zitternd an einen Stein und dachte: Nun will ich schlafen, das ist alles nur ein Traum, und wenn ich erwache, bin ich daheim oder im Himmel.
Da hörte ich plötzlich ein Knistern über mir im Wacholdergesträuch, und bald darauf fühlte ich, wie mich etwas berührte und emporhob. Ich wollte schreien, aber ich konnte nicht, die Stimme war wie eingefroren. Aus Furcht und Angst hielt ich die Augen fest geschlossen. Auch Hände und Füße waren mir wie gelähmt, ich konnte sie nicht bewegen. Mir war warm, und mir kam vor, als ob sich das ganze Gebirge mit mir wiegte. –
Als ich zu mir kam und erwachte, war noch Nacht, aber ich stand an der Tür meines Vaterhauses, und der Kettenhund bellte heftig. Eine Gestalt hatte mich auf den festgetretenen Schnee gleiten lassen, pochte dann mit dem Ellbogen gewaltig an die Tür und eilte davon. Ich hatte diese Gestalt erkannt – es war die Mooswaberl gewesen.
Die Tür ging auf, und die Ahne stürzte mit den Worten auf mich zu: »Jesus Christus, da ist er ja!«

Sie trug mich in die warme Stube, aber von dieser schnell wieder zurück in das Vorhaus; dort setzte sie mich auf einen Trog, eilte dann hinaus vor die Tür und machte durchdringliche Pfiffe.
Sie war ganz allein zu Hause. Als der Großknecht von der Kirche zurückgekommen war und mich daheim nicht gefunden hatte, und als auch die anderen Leute kamen und ich bei keinem war, gingen sie alle hinab in den Wald und in das Tal und jenseits hinauf zur Straße und nach allen Richtungen. Selbst die Mutter war mitgegangen und hatte überall, wo sie ging und stand, meinen Namen gerufen.
Nachdem die Ahne glaubte, dass es mir nicht mehr schädlich sein konnte, trug sie mich wieder in die warme Stube, und als sie mir die Schuhe und Strümpfe auszog, waren diese ganz zusammen- und fast an die Füße gefroren. Hierauf eilte sie nochmals ins Freie und machte wieder ein paar Pfiffe und brachte dann in einem Kübel Schnee herein und stellte mich mit bloßen Füßen in diesen Schnee. Als ich in dem Schnee stand, fühlte ich in den Zehen einen so heftigen Schmerz, dass ich stöhnte, aber die Ahne sagte: »Das ist schon gut, wenn du Schmerz hast, dann sind dir die Füße nicht erfroren.«

Bald darauf strahlte die Morgenröte durch das Fenster, und nun kamen nach und nach die Leute nach Hause, zuletzt aber der Vater, und zuallerletzt, als schon die rote Sonnenscheibe über der Wechselalpe aufging und als die Ahne unzählige Male gepfiffen hatte, kam die Mutter. Sie ging an mein Bettlein, in welches ich gebracht worden war und an welchem der Vater saß. Sie war ganz heiser.
Sie sagte, dass ich nun schlafen sollte, und verdeckte das Fenster mit einem Tuch, auf dass mir die Sonne nicht in das Gesicht scheine. Aber der Vater meinte, ich solle noch nicht schlafen, er wolle wissen, wie ich mich von dem Knecht entfernt habe, ohne dass er es merkte, und wo ich herumgelaufen sei? Ich erzählte sofort, wie ich den Pfad verloren hatte, wie ich in die Wildnis kam, und als ich von dem Mond und von den schwarzen Wäldern und von dem Windrauschen und von dem Felsenabgrund erzählte, da sagte der Vater halblaut zu meiner Mutter: »Weib, sagen wir Gott Lob und Dank, dass er da ist, er ist auf der Trollwand gewesen!«
Nach diesen Worten gab mir die Mutter einen Kuss auf die Wangen, wie sie nur selten tat, und dann hielt sie ihre Schürze vor das Gesicht und ging davon.
»Ja, du Donnersbub, und wie bist denn heimkom-

men?« fragte mich der Vater. Darauf sagte ich, dass ich das nicht wisse, dass ich nach langem Schlafen und Wiegen auf einmal vor der Haustür gewesen und dass die Mooswaberl neben mir gestanden. Der Vater fragte mich noch einmal über diesen Umstand, aber ich antwortete, dass ich nichts Genaueres darüber sagen könne.

Nun sagte der Vater, dass er in die Kirche zum Hochgottesdienst gehe, weil heute der Christtag sei, und dass ich schlafen solle.

Ich muss darauf viele Stunden geschlafen haben, denn als ich erwachte, war draußen Dämmerung, und in der Stube war es fast finster. Neben meinem Bett saß die Ahne und nickte, von der Küche herein hörte ich das Prasseln des Herdfeuers.

Später, als die Leute beim Abendmahl saßen, war auch die Mooswaberl am Tisch.

Auf dem Kirchhof, über dem Grabhügel ihres Mannes, war sie während des Vormittagsgottesdienstes gekauert, da trat nach dem Hochamt mein Vater zu ihr hin und nahm sie mit in unser Haus.

Über die nächtliche Begebenheit brachte man nicht mehr von ihr heraus, als dass sie im Wald das Christkind gesucht habe; dann ging sie einmal zu meinem Bett und sah mich an, und ich fürchtete mich vor ihren Blicken.

In dem hinteren Geschoss unseres Hauses war eine Kammer, in welcher nur altes, unbrauchbares Gerät und viel Spinngewebe war.
Diese Kammer gab mein Vater der Mooswaberl zur Wohnung und stellte ihr einen Ofen und ein Bett und einen Tisch hinein.
Und sie blieb bei uns. Oft strich sie noch in den Wäldern umher und brachte Moos heim, dann ging sie wieder hinaus zur Kirche und saß stundenlang auf dem Grabhügel ihres Mannes, von dem sie nicht mehr fortzuziehen vermochte in ihre ferne Gegend, in der sie wohl auch einsam und heimatlos gewesen wäre wie überall. Über ihre Verhältnisse war nichts Näheres zu erfahren, wir vermuteten, dass das Weib einst glücklich und sicher bei voller Vernunft gewesen war und dass der Schmerz über den Verlust des Gatten ihr den Verstand geraubt hatte.
Wir hatten sie alle lieb, weil sie ruhig und mit allem zufrieden lebte und niemandem das geringste Leid zufügte. Nur der Kettenhund wollte sie immer noch nicht sichern, der bellte und zerrte überaus heftig an der Kette, sooft sie über den Anger ging. Aber das war von dem Tiere anders gemeint; als einmal die Kette riss, stürzte der Hund auf das Weib zu, sprang ihm winselnd an die Brust und leckte ihm die Wangen.

Da kam einmal in den Spätherbsttagen, an welchen die Mooswaberl fast ununterbrochen auf dem Grabhügel saß, eine Zeit, in welcher unser Kettenhund, statt lustig zu bellen, stundenlang heulte, so dass meine Ahne, die indes schon mühselig geworden war, sagte: »Schau, jetzt wird in unserer Gegend herum bald einmal wer sterben, weil der Hund gar so heent (jammert, jault); tröste ihn Gott!«
Und nach kurzer Zeit wurde die Mooswaberl krank, und als die Winterszeit gekommen war, starb sie.
In ihren letzten Augenblicken hielt sie noch meinen Vater und meine Mutter an der Hand und sprach die Worte: »Vergelt's euch Gott zu tausend- und zu tausendmal, bis in den Himmel hinauf!«

Christkind im Walde

Ernst von Wildenbruch

Christkind kam in den Winterwald,
der Schnee war weiß, der Schnee war kalt.
Doch als das heil'ge Kind erschien,
fing's an, im Winterwald zu blühn.

Christkindlein trat zum Apfelbaum,
erweckt ihn aus dem Wintertraum.
»Schenk Äpfel süß, schenk Äpfel zart,
schenk Äpfel mir von aller Art!«

Der Apfelbaum, er rüttelt sich,
der Apfelbaum, er schüttelt sich.
Da regnet's Äpfel ringsumher;
Christkindlein's Taschen wurden schwer.

Die süßen Früchte alle nahm's,
und so zu den Menschen kam's.
Nun, holde Mäulchen, kommt, verzehrt,
was euch Christkindlein hat beschert!

Kommt mir irgendwie bekannt vor –

Noch eine etwas andere Weihnachtsgeschichte

Arno Backhaus

Kam der Oberförster in den Wald und sah, dass seine Ameisen auf Wanderschaft zu einem großen Gebirgsbach sind. Er hatte Angst um sie, dass sie in den Tod laufen, schließlich waren sie für die Ökologie des Waldes unabdingbar. So stellte er der ersten Ameise seinen Fuß in den Weg, um sie zu »bremsen«. Doch die Ameise wusste damit nichts anzufangen und lief darüber weg. Für sie war »Fuß« etwas Unbekanntes und in der Größe auch etwas Bedrohliches, schließlich waren ihre Gehwerkzeuge ganz anderer Art und viel überschaubarer. Der Oberförster geriet in Panik und merkte, dass die Ameisen nicht verstanden, was er bezwecken wollte. Er legte einen großen Stein auf den Weg, um ihn weiter abzusperren. Doch auch der Stein hinderte die Ameisen nicht daran, ihren Weg zum Bach / in den Tod fortzusetzen. Sie wussten ja noch nicht, dass sie auf den Tod zulaufen. Sie wunderten sich nur, dass es plötzlich kalt unter ihren Füßen wurde, bedingt durch den großen Stein, und sie einen »Umweg« laufen mussten. Da sah der Oberförster keinen weiteren Ausweg mehr, um seine Ameisen vor dem Ertrinken zu retten, als selbst Ameise zu werden. Sofort spricht er die erste Ameise an: »Stopp, bleib stehen! Ich bin der Oberförster und habe die Übersicht. Wenn ihr hier weiterlauft, lauft ihr direkt in den Bach und somit in den sicheren Tod«. »Ha, ha«, lachten da einige Ameisen. »Du bist eine Ameise wie wir und nicht der Oberförster, das ist doch nun ganz eindeutig zu sehen«. »Doch, ihr müsst mir glauben, ich will doch nur euer Bestes« »Du spinnst ja!« sagten ihm da die Ameisen. »Nein, ich will euer Leben retten und euch den richtigen Weg zeigen! Habt ihr nicht gemerkt, dass ich euch meinen Fuß vorgesetzt habe und euch einen Stein in den Weg gelegt habe?!« »Du behinderst uns, legst uns Steine in den Weg, stellst uns deinen Fuß in den Weg und willst uns retten und helfen? Sag mal, du verkaufst uns ja das ›Schwarz‹ für ›Weiß‹ und nur weil wir Ameisen sind, fallen wir noch lange nicht darauf rein.« »Doch, ihr müsst mir glauben. Ich bin zwar eine Ameise, aber eigentlich bin ich der Oberförster. Ich habe ja keine andere Wahl gehabt, als Ameise zu werden, weil ihr mich auf keine andere Art verstehen könnt. Wenn ihr mir folgt, führe ich euch in Sicherheit, ihr müsst nur einfach hinter mir hergehen.« Einige der Ameisen glaubten ihm und gingen ihm hinterher, aber nicht unwesentlich wenige ignorierten die Ameise, die ja eigentlich ein Oberförster war, und sie liefen in den sicheren Tod.

Gott wurde Mensch, wurde Jesus. Gott hatte keine andere Wahl, mit uns zu kommunizieren. Von Mensch zu Mensch, auf gleicher Ebene. Er kam, um uns vor dem Tod zu bewahren. Wurde klein, um uns zu retten. Alle scheinbaren »Behinderungen« Gottes (nachzulesen im Alten Testament) hatten nicht das Ziel uns zu ärgern, zu stören und zu behindern, auch wenn sie vordergründig so aussahen und wirkten. Sie hatten das Ziel, uns wach zu machen für die Realität, uns zu retten vor dem Tod.

Jahresschlussgedanken

Hanns Dieter Hüsch

Wenn der Himmel blau und die Erde weiß
Dann kommt die trockene Kälte
Dann sagt der liebe Gott langsam und leis
Friede auf Erden
Macht keinen Blödsinn
Und lasst euren Zank und Streit
Die Flügel der Mühle bewegen sich dann
Was man ganz selten nur sehen kann.

… bis zur Silvesternacht

Giovanni Guareschi

Die Tage, die vergehen mussten, vergingen, und es kam die Silvesternacht. Auch in unserem Dorf war – wie fast überall – noch der Brauch lebendig, das alte Jahr auszutreiben. Wenn es Mitternacht geschlagen hatte, entluden die Leute ihre Flinten in Richtung Himmel, und für ein paar Minuten schien das Weltende gekommen.

Don Camillo hatte das nie gefallen, aus vielerlei Gründen, und niemals hatte er eine Patrone verbraucht, um in die Wolken zu schießen. Aber an jenem Tag kam auch ihm die Lust, dem alten Jahr den Garaus zu machen, und so öffnete er wenige Minuten vor Mitternacht das Fenster seines Zimmers und wartete, bis die Kirchturmuhr das Signal geben würde.

Das Licht im Zimmer war ausgeschaltet, doch das Feuer im Kamin brannte, und Ful, der gute Augen besaß, wurde ganz aufgeregt sobald er das Gewehr in den Händen Don Camillos bemerkte.

»Bleib ruhig«, erklärte ihm Don Camillo mit leiser Stimme, »das ist nichts für dich. Das ist kein Jagdgewehr, bloß das alte Ding, das ich zur Erinnerung auf dem Dachboden aufbewahrt habe. Es geht nur darum, das alte Jahr umzubringen, und dazu braucht man keine Doppelflinte.«
Die Piazza war leer, und die Laterne vor dem »Haus des Volkes« beleuchtete hell die Fahnenstange.
»Man sieht sie auch in der Nacht«, brummte Don Camillo. »Das scheint eine ausgemachte Sache zu sein, um mich zu ärgern.«
Der erste der zwölf Glockenschläge ertönte, und sogleich begann auch die Schießerei. Don Camillo lehnte sich ans Fensterbrett, und auch er gab einen Schuss ab. Einen einzigen, denn es handelte sich um einen symbolischen Akt, und somit genügte ja die Geste an sich. Es war kalt, und Don Camillo schloss sorgfältig das Fenster, lehnte das Gewehr an die Truhe, schaltete das Licht ein und setzte sich vor das Kaminfeuer.
Da bemerkte er, dass Ful nicht da war, und er rief ihn. Doch der Hund war anscheinend durch das viele Flintenkrachen in Aufregung geraten und durch die Tür ins Freie geschlüpft. Don Camillo war deswegen nicht besorgt, denn so, wie er hinausgekommen war, so würde er auch wieder zurückkehren.

Und tatsächlich hörte man bald darauf die Tür quietschen. Aber es war nicht Ful.
Es war statt dessen Peppone, der liebenswürdig erklärte:
»Verzeiht, Hochwürden, aber ich habe die Tür offen stehen gesehen, und so bin ich Euch besuchen gekommen.«
»Danke, mein Sohn. Es ist angenehm, zu sehen, dass sich jemand an uns erinnert.«
Peppone setzte sich neben Don Camillo.
»Hochwürden, man muss wirklich zugeben, dass in der Realität Dinge geschehen, die die Phantasie weit übertreffen.«
»Ist was Schlimmes passiert?« fragte Don Camillo besorgt.
»Nichts Schlimmes, nur ein merkwürdiger Scherz des Zufalls. Stellt Euch vor, während der Schießerei von vorhin hat jemand einen Schuss in die Luft abgegeben, und die Kugel, anstatt sich wer weiß wo zu verlieren, prallte gegen unsere Fahnenstange und brach sie an der Spitze ab, gerade an der Stelle, wo das Messingemblem im Holz steckt. Ist das nicht ein schöner Zufall?«
Don Camillo breitete die Arme aus:
»Ein sehr schöner«, gab er zu.

»Aber das ist nicht alles«, setzte Peppone fort. »Denn das Siegeszeichen fiel beinahe dem Langen auf den Kopf, der gerade ins Haus treten wollte. Und der Lange glaubte, dass man ihm etwas mit Absicht an den Kopf werfen wollte, rannte hinein und schlug Alarm, und wir sind alle hinausgeeilt, doch wir haben nichts am Boden gefunden. Als wir jedoch hinaufschauten, bemerkten wir, dass das Siegeszeichen auf der Stange fehlte, und nachdem wir die Stange untersucht hatten, bemerkten wir, dass ein Gewehrschuss sie knapp unter dem Emblem hat einknicken lassen. Ist das nicht merkwürdig? Wer kann das Siegeszeichen aufgeklaubt und weggetragen haben, wo die Piazza doch leer war?«

Don Camillo zuckte die Achseln:

»Mit Respekt gesprochen, ich verstehe nicht, wen denn ein solcher Kleinkram interessieren könnte.«

Schon seit einigen Minuten war Ful zurückgekehrt, hatte sich zwischen Don Camillo und Peppone gelegt und wartete dort reglos wie eine Statue. Und hielt das Messingemblem mit Hammer und Sichel zwischen seinen Zähnen. Es wurde müde und ließ das Ding auf den Boden fallen. Don Camillo hob die Trophäe auf, wendete sie ein paar Mal hin und her, um sie von allen Seiten zu betrachten, und schüttelte den Kopf.

»Ein Messingblättchen. Von weitem schien es haltbarer, aber wenn es dich interessiert, kannst du es ruhig mit nach Hause nehmen.«
Peppone besah sich das glänzende Siegeszeichen, das ihm Don Camillo hinreichte, und blickte dann wieder in die Flammen des Kaminfeuers. Don Camillo warf die Trophäe in die Flammen, und Peppone biss die Zähne zusammen, rührte sich aber nicht. Das Siegeszeichen rötete sich sehr schnell, das Zinn der Lötstellen schmolz, und die dünnen Messingstreifen rollten sich wie kleine Schlangen zusammen.
»Wenn die Hölle nicht eine Erfindung von uns Priestern wäre ...« flüsterte Don Camillo.
»Die Hölle ist keine Erfindung der Pfaffen«, murmelte Peppone. »Die Pfaffen sind eine Erfindung der Hölle.«
Don Camillo schürte das Feuer, und Peppone ging ans Fenster. Durch das Glas sah man die enthauptete Stange, die von der Laterne angestrahlt wurde.
»Ich weiche der Erpressung. Morgen werde ich den Schnee vor dem Pfarrhaus wegbringen lassen.«
»Nein«, antwortete Don Camillo. »Du musst ihn dort lassen, bis er von selbst verschwindet. Entweder du lässt ihn so, oder ich werde alles ausplaudern. Adieu, Mechaniker!«

Don Camillo sprach das Wort Me-cha-ni-ker ganz langsam aus, jede Silbe betonend und dabei lächelnd. Dann zündete er die kleine Zigarre an und segelte rauchend auf die Gletscherspalte seines Mont Blanc zu.

☆

Neujahrswünsche eines Wochenblattträgers

Johann Peter Hebel

Als wenn's nie dagewesen wär,
ist wieder eins hinunter,
begraben in das tiefe Meer
bei Fusel und Burgunder,

bei Saitenspiel, Pistolenschuss
und krachenden Petarden,
bei Händedruck und Liebeskuss
in Sälen und Mansarden.

's hat wohl verdient, das gute Jahr,
für viele schöne Gaben,

dass wir an seiner Totenbahr
Valet getrunken haben.

Was will ich lange Seiten voll
sie alle rezitieren!
Ich hoff, das liebe neue soll
Sie selber repetieren.

Mit Blüten war der März geschmückt,
mit Blüten der Oktober;
manch Kindlein in der Wiege liegt
mit Bäcklein wie Zinnober.

Vor allem ist der edle Wein
nach Herzenswunsch geraten,
und mancher schmollt im Kämmerlein
und zählet die Dukaten.

An unsereinen kommt es spät,
auch etwas zu erhaschen
und, wenn man auf der Gasse geht,
zu klimpern in den Taschen.

Doch was mir werden soll, das war
in guter Hand indessen;
ich weiß, das gabenreiche Jahr
hat mich nicht ganz vergessen.

Die drei Weisen

Johannes Berthold

Es lebten grad zur selben Zeit
drei Männer, die warn sehr gescheit.

Sie lebten fern im Morgenland
und waren weit und breit bekannt

und sehr begehrt. Tagein, tagaus
strömten die Leute zu dem Haus,

wo ihre Arbeitszimmer lagen.
Dort standen sie an manchen Tagen,

wenn viele kamen, sogar Schlange.
Dann wartete sie oft sehr lange.

Doch weshalb kam man so gelaufen?
Gab's hier vielleicht etwas zu kaufen?

Nein, nein, die drei warn Astrologen!
Das hat sie alle angezogen.

Die Männer sollten all den Leuten
die Zukunft aus den Sternen deuten.

Man glaubte damals noch daran,
dass man so etwas machen kann.

In ganz verschiednen Lebenslagen,
da hörte man die Leute sagen:

»Lasst uns zu den drei Weisen gehen
und sehen, wie die Sterne stehen.«

Man kam sogar mit Ehefragen.
Und Händler ließen sich gern sagen

von den drei Weisen, ob und wann
man gut Geschäfte machen kann.

Selbst Könige sah man bisweilen
um Rat zu den drei Weisen eilen

und fragen, was im Augenblick
zu tun sei in der Politik.

Der Andrang war fast immer groß
und unsre Drei nie arbeitslos.

Sie konnten dabei gut verdienen –
die Sterne meinten's gut mit ihnen.

Ein jeder lebte ganz famos
und luxuriös in einem Schloss.

Besucher schauten dann und wann
sich die gepflegten Gärten an.

Es lag dort in der ganzen Luft
ein wundervoller Blumenduft.

Und in der Mitte war ein Teich.
Man sah, die Weisen waren reich.

Fast lebte jeder wie ein König.
Es fehlte wirklich nur ganz wenig.

Darum verkehrten die drei Weisen
auch nur in allerhöchsten Kreisen.

Nur – dazu fehlte meist die Zeit,
Denn hatten sie Gelegenheit,

nahmen sie ihre Himmelskarte
und gingen in die Sternenwarte.

Dort haben sie oft lang gesessen
und alles andere vergessen.

Und da geschah's in einer Nacht,
die sie dort wieder zugebracht,

dass sie am Himmel etwas sahn,
das warf sie völlig aus der Bahn.

Die Nacht war warm und sternenklar,
die Sicht ganz einfach wunderbar.

Sie schauten sich die Sterne an
und trugen dabei dann und wann

etwas in ihre Karten ein.
Die Welt schlief sanft im Mondenschein.

Nur die drei Weisen auf dem Dach
studierten noch und waren wach.

Nach Stunden sagte Balthasar,
der einer von den Weisen war:

»Hört zu, Kaspar und Melchior,
ich leg mich jetzt erst mal aufs Ohr!«

Die andern zwei haben indessen
sehr aufmerksam noch dagesessen

und plötzlich einen Stern entdeckt,
der sofort ihr Interesse weckt.

Der Stern, der hell am Himmel stand,
war beiden völlig unbekannt.

Sie warn, das ahnten beide nur,
einem Geheimnis auf der Spur.

Sie schlugen nach im Lexikon,
doch leider stand dort nichts davon.

So mussten sie mit Sterntabellen
die Bahn des Sternes selbst feststellen.

Die zwei vergaßen ganz die Zeit.
Doch schließlich waren sie soweit.

Und Kaspar rief: »Geh ich nicht fehl,
weist uns der Stern nach Israel!

Ein König, der die Welt regiert,
wird dort geboren – garantiert!

Wir sind die ersten, die das wissen.«
Das hat sie fast vom Stuhl gerissen.

Und daraufhin schlug Melchior
begeistert seinem Freunde vor:

»Der Weg dorthin ist zwar sehr weit.
Es wäre aber sehr gescheit,

wenn wir jetzt sofort losmarschieren,
um jenem Kind zu gratuliern.«

Sie kamen dabei zu dem Schluss,
dass Balthasar das wissen muss.

So eilten sie von ihrem Turm
und klingelten beim Freunde Sturm.

Der schaute aus dem Fenster raus
und sah noch ganz verschlafen aus.

»Pack deinen Koffer, mache schnell!
Wir reisen jetzt nach Israel.«

Das alles war für Balthasar
natürlich nicht auf Anhieb klar,

so dass die beiden aufgeregt
berichteten, was sie bewegt.

Und erst nach diesem Kurzbericht
erhellte sich sein Angesicht.

Dann meinte er nur: »Meine Guten,
da müssen wir uns aber sputen,

damit wir bei dem Königskind
die ersten Gratulanten sind.«

Am nächsten Tag lasen die Leute
auf einem Schild an dem Gebäude,

wo ihre Arbeitszimmer lagen:
»Wir möchten unsern Kunden sagen,

dass jetzt auf unbestimmte Frist
unser Büro geschlossen ist.

Wir mussten heute früh verreisen.
Mit vielen Grüßen! Die drei Weisen.«

Eins war den Weisen völlig klar:
Nach Israel wird es fürwahr

nicht nur ein Tagesauflug werden.
So rechneten die drei Gelehrten,

dass sicher Monate vergehen,
bevor sie vor dem Kinde stehen.

Das aber war in diesem Fall
den Weisen wirklich ganz egal.

Ein jeder holte sein Kamel,
und ab ging es nach Isreal.

Sie mussten sich ja sehr beeilen!
Sie ritten Hunderte von Meilen

durch Wüste, überquerten Flüsse
und kamen oft in Regengüsse.

Auch Sturm blies ihnen ins Gesicht!
Das alles störte die drei nicht.

Sie haben nämlich all die Wochen
fast nur von jenem Kind gesprochen.

Dann endlich, endlich war's soweit:
Jerusalem lag groß und breit

vor ihnen, und es war geschafft.
Sie hatten wirklich kaum noch Kraft,

doch ihre Freude war sehr groß.
Sie gingen gradewegs zum Schloss,

in dem Herodes residierte,
der damals Israel regierte.

»König Herodes, wir sind Weise!
Wir hatten eine weite Reise

allein, um hier ein Kind zu ehren.
Ihm wird die ganze Welt gehören!

Sein Stern ist lange schon in Sicht
Wir Weisen folgten seinem Licht.

Das hat uns bis hierher gebracht.«
Da hat Herodes laut gelacht:

»Es tut mir wirklich furchtbar leid,
dass ihr umsonst gekommen seid!

Haha, der Stern hat garantiert
euch Weisen ganz schön angeschmiert.

Mir ist in meinem ganzen Land
von eurem Kinde nichts bekannt.

Bis heute liegt die Staatsgewalt
in meiner Hand. Ich bin zwar alt,

doch will ich noch paar Jahre leben!
Und ohne Gnade hab ich eben

mit ein paar Leuten aufgeräumt,
die schon von meinem Thron geträumt!«

Er schweigt, als ob er sich besinnt.
»Ihr sucht, sagt ihr, bei uns ein Kind?

Und dieser helle Stern, nicht wahr,
das ist doch wirklich sonderbar.«

Auf einmal fasst er sich ans Herz,
als fühlte er dort starken Schmerz.

Es fällt ihm nämlich plötzlich ein:
Das Kind kann der Messias sein!

Er wird erst rot und dann ganz bleich,
und ein, zwei Diener springen gleich,

um ihren König beizustehen.
Der aber schreit: »Lasst mich bloß gehen!

Holt mir die Schriftgelehrten her!«
Schon rennen Boten kreuz und quer

durch ganz Jerusalem und holen
die Schriftgelehrten, wie befohlen.

Nach kurzer Zeit umringen schon
sie seinen königlichen Thron.

»Es geht um ernste Staatsgeschäfte,
und ihr seid meine besten Kräfte.«

Geschmeichelt schaut jeder Gelehrte
vor seinem König auf die Erde.

»So musste ich euch rufen lassen.
Doch will ich möglichst kurz mich fassen.

Da kamen plötzlich Männer heute –
drei wirklich sehr studierte Leute –,

die sich auf Sternkunde verstehen.
Sie hätten jetzt den Stern gesehen

vom Herrscher, der die Welt regiert.
Der Stern hat sie hierher geführt.

Wie war das doch bei den Propheten,
wenn sie von dem Messias reden –

wo sollt er gleich geboren werden? –
Ihr seid doch meine Schriftgelehrten!«

Den Männern blieb vor Angst und Schreck
zunächst erst mal die Sprache weg.

Sie kannten ihren König gut
und zitterten vor seiner Wut.

Sie dachten alle nur entsetzt:
»Ist der Messias wirklich jetzt

in dieser Zeit geboren worden,
lässt ihn Herodes gleich ermorden.«

Die Lage sah gefährlich aus.
Doch wollten sie hier wieder raus,

mussten sie ihm die Wahrheit sagen:
»Wenn wir die heilge Schrift befragen,

soll der Messias hier auf Erden
in Betlehem geboren werden.«

Herodes sagte voller Freude:
»Ihr Herren, das genügt für heute!«

Auf einmal wechselt er den Ton:
»Zu niemandem ein Wort davon!

Wer seine Schweigepflicht verletzt,
wird unverzüglich abgesetzt.

Ich denke, dass wir uns verstehen.
Doch Schluss damit, ihr könnt jetzt gehen.«

So gingen schließlich diese Leute
ziemlich bedrückt aus dem Gebäude.

Herodes aber lud die Weisen
sehr freundlich ein, mit ihm zu speisen.

Er sagte dann beim Abendessen:
»Ach so, fast hätte ich's vergessen.

Das Kind kann nur, das fiel mir ein,
in Betlehem geboren sein.

Dorthin sind es nur zwei, drei Stunden.
Dann habt ihr euer Kind gefunden.«

Da blickte Kaspar auf vom Teller,
und sein Gesicht war gleich viel heller.

»Wenn wir so kurz vorm Ziele stehen,
schlage ich vor, dass wir jetzt gehen.«

So eilten die drei schnell davon.
Es dunkelte inzwischen schon.

Herodes hat noch auf den Stufen
beim Abschied ihnen nachgerufen:

»Hört, auf dem Rückweg kommt ihr drei
bei mir auf einen Sprung vorbei!

Und ihr erzählt gefälligst dann,
wo ich das Kindlein finden kann!«

Doch diese haben gleich gespürt,
dass er etwas im Schilde führt,

und es sich ganz fest vorgenommen,
hier nicht noch mal vorbeizukommen.

Der Stern schien ungewöhnlich hell,
und die drei Weisen folgten schnell

und hocherfreut dem hellen Strahl –
bis dieser über einem Stall

ganz unvermutet stehenblieb.
Das war den Weisen gar nicht lieb.

Ein Königskind, das leuchtet ein,
kann nicht im Stall geboren sein!

Sie blieben stehn, um zu verschnaufen.
»Will man uns denn für dumm verkaufen?«

rief Kaspar und war ganz empört.
»Das ist ja wirklich unerhört!

In einem Stall, so ein Gestank!
Nein, meine Freunde, vielen Dank!

Hier bringt mich kein Kamel hinein.
Ich dürfte sonst kein Weiser sein!«

Auch Melchior war ganz verwirrt:
»Da haben wir uns doch geirrt

und schließlich uns zu guter Letzt
nun doch vergeblich abgehetzt!

Das wird mir leider jetzt erst klar.
Wir reisen fast ein halbes Jahr,

schlagen uns Nächte um die Ohren –
dabei ist gar kein Kind geboren!«

Die Weisen waren fassungslos
und die Enttäuschung riesengroß.

Trotz allem warteten die Guten
erst einmal vier bis fünf Minuten.

Vielleicht zieht dieser Stern doch weiter!
Doch hofften sie vergeblich, leider.

Und Melchior beschloss darum:
»Ich kehre auf der Stelle um!«

Bei Balthasar kam's selten vor,
dass er so schnell den Kopf verlor.

Er sah – im Stall, da war es hell!
Und darum sprang er vom Kamel

und ging ganz vorsichtig hinein.
Dort sah er im Laternenschein

paar Tiere und auch Menschen liegen
und eine Frau ein Kindlein wiegen.

»Ihr guten Leut', es tut mir leid.
Ich komme hier hereingeschneit.

Natürlich bin ich hier nicht richtig.
Doch was ich wissen will, ist wichtig.

Wir suchen hier ein Königskind.
Könnt ihr uns helfen? Sagt's geschwind!«

»Da liegt es!« sagte Joseph nur.
»Hier ist doch wirklich keine Spur

von Königspracht«, lacht Balthasar.
»Doch irgendwie ist's sonderbar.

Seh ich in dieses Angesicht,
springt froh mein Herz. Ich glaube nicht,

dass je ein Stern mich so erfreute
wie dieses arme Kindlein heute.

Ich fühle mich so froh und frei!«
Dann holte er die andern zwei,

erzählte ihnen von dem Kind
und dass sie jetzt am Ziele sind.

So ließen sich die zwei Kollegen
von ihrem Freund doch noch bewegen,

in diesen armen Stall zu gehen.
Dort blieben sie betreten stehen

und waren sprachlos. Melchior
kratzte sich lange hinterm Ohr.

»Das alles ist für den Verstand«,
sprach er, »doch wirklich allerhand.

Hier wird ja auf den Kopf gestellt,
was sonst in unsern Kreisen zählt:

Vernunft, Berechnung, Macht, Gewalt.
In dieser ärmlichen Gestalt

soll Gottes Sohn gekommen sein?
Wem fiele das im Traume ein!

Wenn ich das alles fassen will,
so stehe ich vor Staunen still.«

Auch Kaspar schüttelte das Haupt.
»Wer hätte von uns das geglaubt!

Der Herrscher übers Weltenall
liegt arm und bloß in einem Stall!

Gibt es denn so was auf der Welt?
Ich glaubte bisher nur ans Geld

und dass Gott für uns Reiche ist.
Jetzt sehe ich an Jesus Christ,

dass Gott ganz arm wird und ganz klein.
Wie groß muss dieser Gott wohl sein!«

Die Weisen schauten immer wieder
zum Kind in seiner Krippe nieder

und beugten dankbar ihre Knie.
So fröhlich waren sie noch nie.

Sie packten ihre Koffer aus,
und jeder nahm etwas heraus

und brachte es dem Kindlein dar –
viel Weihrauch, Myrrhe, Gold sogar!

Vor allem aber schenkten sie
dem Kind ihr Herz. Und irgendwie

waren sie selbst wie Kinder neu
und haben dankbar ohne Scheu

mit Freude und aus vollen Lungen
dem Christuskind ein Lied gesungen.

Inhaltsverzeichnis

Das Christbäumchen, *Wilhelm Curtmann* 5

Dezember, *Otto Julius Bierbaum* 7

Der schönste Baum, *Unbekannt* 7

Der Tannenbaum, *Unbekannter Verfasser* 8

Sankt Niklas' Auszug, *Paula Dehmel* 9

Knecht Ruprecht, *Unbekannt* 12

Der Gabenbringer, *Unbekannt* 13

Dies alles fragt der Nikolaus
Abraham a Sancta Clara 14

Überlistet, *Heinz Erhardt* 15

Der Schnupfen, *Christian Morgenstern* 16

Die Geschichte von Christkind
und Nikolaus, *Luise Büchner* 17

Vorfreude auf Weihnachten
Joachim Ringelnatz 29

Der Winterabend, H. H. *v. Fallersleben* 30

Der kleine Tannenbaum, *Manfred Kyber* 31

Vor Weihnachten, *Eugen Roth* 37

Gibt es den Weihnachtsmann? 38

Unter dem Lichterbaum, *Fritz Fröhling* 41

Ei, du lieber, heil'ger Christ, *Anonym* 41

Das harte Holz von Betlehem, *Klaus Weyers* . . . 42

An das Christkind, *Anonym* 53

Die Weihnachtsgans, *Heinz Erhardt* 54

Gefühle nach dem Kalender, *Kurt Tucholsky* . . . 55

Weihnachtszeit
Heinrich Hoffmann von Fallersleben 60

Stoßseufzer, *Theodor Storm* 61

Weihnachtspost von der Behörde
Andreas Malessa 62

Zum 24. Dezember 1890, *Theodor Fontane* 65

Interview mit dem Weihnachtsmann
Erich Kästner 66

Unter dem Lichterbaum, *Fritz Fröhling* 72

Christgeschenk, *Johann Wolfgang von Goethe* . . . 73

Die zwölf Weihnachtstage, *Reinhard Mey* 74

Holger, Knabe im lockigen Haar, *Axel Hacke* . . 78

Aus der Kinderstube, *Friedrich Rückert* 83

Meine Weihnachten 1917, *Johannes Derksen* . . . 86

In der Christnacht, *Peter Rosegger* 93

Christkind im Walde, *Ernst von Wildenbruch* . . 124

Kommt mir irgendwie bekannt vor –
Arno Backhaus 125

Jahresschlussgedanken, *Hanns Dieter Hüsch* . . 128

... bis zur Silvesternacht, *Giovanni Guareschi* . . 129

Neujahrswünsche eines Wochenblattträgers
Johann Peter Hebel 134

Die drei Weisen, *Johannes Berthold* 136

Quellenverzeichnis

Arno Backhaus, „Jahresschlussgedanken" aus: ders., Bibel dir deine Meinung © 2005 by Joh. Brendow & Sohn Verlag GmbH, Moers

Johannes Berthold, Die Weihnachtsgeschichte in Reimen nacherzählt. © Verlag Eltern und Kinder Taufring der Familien in Gera.

Heinz Erhardt, „Die Weihnachtsgans" und „Überlistet" aus: Das große Heinz-Erhardt-Buch", © Lappan Verlag GmbH, Oldenburg

Giovanni Guareschi, „… bis zur Silvesternacht" aus ders.„Grazie Don Camillo" © 1990 Ullstein Buchverlage GmbH, Berlin

Axel Hacke, „Holger, Knabe im lockigen Haar" aus ders. „Der weiße Neger Wumbaba" © Verlag Antje Kunstmann GmbH, München 2004

Hanns Dieter Hüsch, „Kommt mir irgendwie bekannt vor" aus: ders., Ich setze auf die Liebe © 1998 by Joh. Brendow & Sohn Verlag GmbH, Moers

Erich Kästner, „Interview mit dem Weihnachtsmann" © Carl Hanser Verlag München Wien 1998 und Thomas Kästner